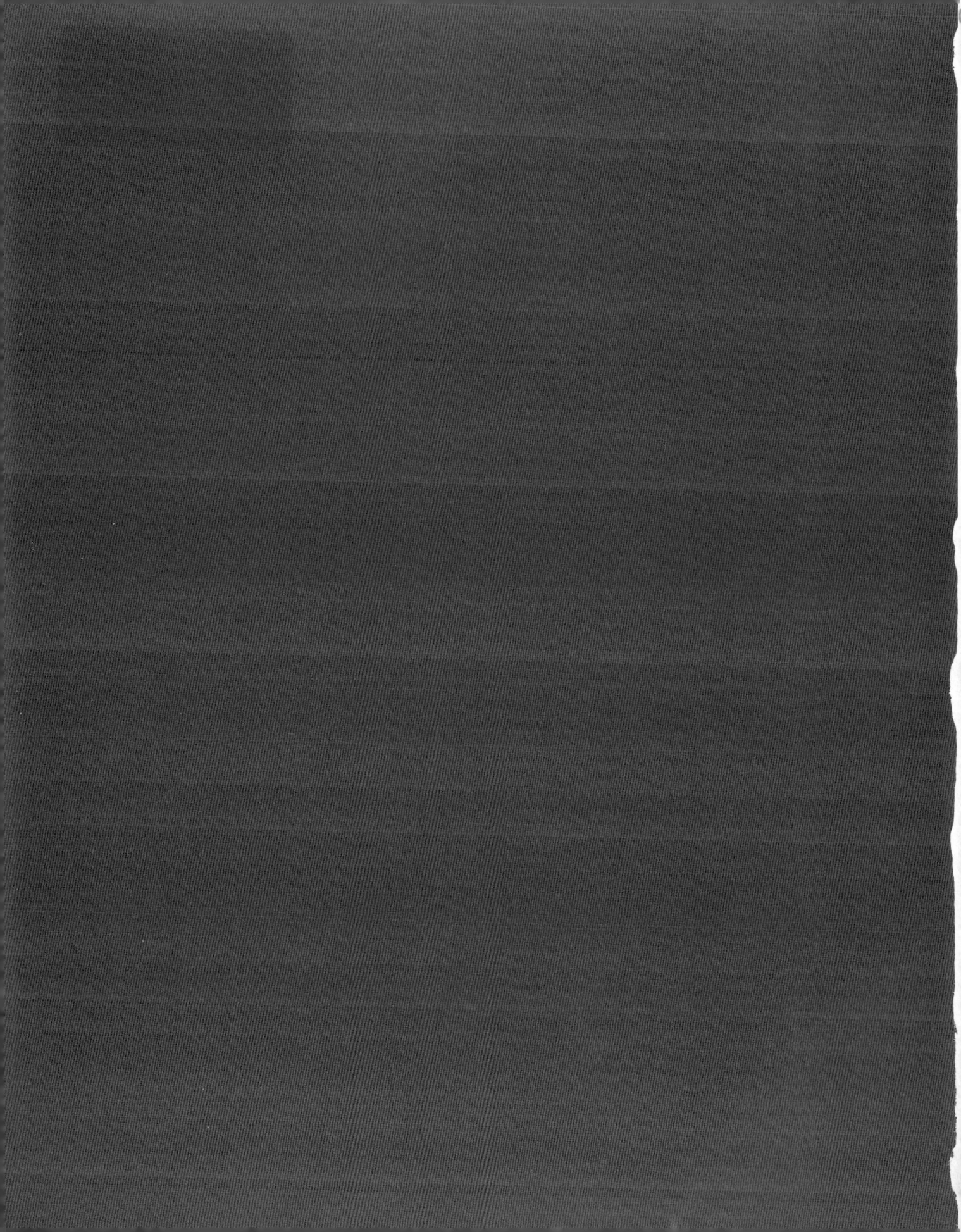

本土·异乡

原创图画书的面向

叶 强 王 硕 编著

**Localization and Globalization:
Orientations of Original Picture Books**

天津出版传媒集团

天津杨柳青画社

前言

近年来，国家越来越重视美育与青少年教育；本土图画书的创作、教学与出版随之迎来了蓬勃发展的局面。我院的图画书创作教学依托北京市一流本科专业—绘画专业的建设，取得了可喜的成果。作为北京航空航天大学的一流本科课程，"图画书创作"一直是我院重点建设的品牌课程。为了更好地提升教学质量，我们发起并与同样关心图画书事业的《出版人》杂志一起主办了"本土·异乡"图画书论坛。同时，我们特邀中国美术家协会漫画艺术委员会秘书长王立军先生作为学术主持，策划论坛并邀请业界多位专家学者出席发言，各抒己见，为我国图画书在本土创作、人才培养、出版推广等方面出谋划策，共同研讨图画书在今日语境下的多元表达，以及在育人理念、教学改革、传播引介等方面构成的互文性关联。希望论坛的搭建有益于原创图画书创作发展及教学研讨，让更多关心图画书、喜爱图画书的朋友参与其中，分享经验与快乐。

此文集是论坛嘉宾的发言整理，我们希望尽可能体现专家的发言原貌，不作统一的格式要求，因此在各篇文章结构以及文字表述方面会略有不同，望读者理解。

沈旭昆

北京航空航天大学新媒体艺术与设计学院 院长

PREFACE

In recent years, owing to the great attention paid by the Chinese government to art and adolescent education, the creation, education and publication of picture books have flourished in China. Leveraging the drawing specialty of our school, renowned for its first-class undergraduate program at the municipal level, we have achieved outstanding results in the creation of picture books. As a first-class undergraduate course provided by Beihang University, "picture book creation" is also a key course developed by our school. To enhance education quality, together with *China Publishers*, a magazine that also cares about the picture book cause, we have initiated and organized the forum on picture books themed "Home Land and Foreign Land". Meanwhile, we have invited Mr. Wang Lijun, general secretary of the Comic Arts Committee of the China Artists Association, as an academic leader, to plan the forum and invite numerous scholars and industry experts. They have put forward their suggestions for the development of picture books in China, involving domestic creation, talent training, publication and promotion. They have jointly discussed the various expressions of picture books in the current context and discussed intertextuality in fields such as education concept, education reform, communication and introduction. We hope that the forum will establish a platform that is conducive to the creation, development, teaching and study of original picture books, so that more friends who care about and love picture books can get involved and share experience and joy.

This book is a collection of speeches delivered by forum attendees. To faithfully represent the original speeches of the scholars, we have not adopted a unified format. Therefore, there might be differences in article structure and literal expression. We hope readers will understand it.

Shen Xukun
Dean of School of New Media Art and Design, Beihang University

图书在版编目（CIP）数据

本土·异乡：原创图画书的面向 / 叶强，王硕编著
. -- 天津：天津杨柳青画社，2024.3
　　ISBN 978-7-5547-1313-6

　　Ⅰ.①本⋯ Ⅱ.①叶⋯②王⋯ Ⅲ.①儿童故事－图
画故事－文学研究－文集 Ⅳ.① I058-53

中国国家版本馆 CIP 数据核字 (2024) 第 065912 号

出 版 者　天津杨柳青画社
地　　址　天津市河西区佟楼三合里 111 号
邮政编码　300074

本土·异乡──原创图画书的面向
BENTU YIXIANG YUANCHUANG TUHUASHU DE MIANXIANG

出 版 人　刘　岳
编　　著　叶　强　王　硕
副 主 编　王立军　白　静　庄维嘉
责任编辑　黄　婷
责任校对　宋晴晴
英文校对　阎　怡
装帧设计　张涵婷

编辑部电话　(022)28379182
发行部电话　(022)28376828

印　　刷　天津市豪迈印务有限公司
开　　本　1/16　889mm×1194mm
印　　张　8.25
版　　次　2024 年 3 月第 1 版
印　　次　2024 年 3 月第 1 次印刷

书　　号　ISBN 978-7-5547-1313-6
定　　价　168.00 元

目录
CONTENTS

图画书创作与表现
Creations and Expressions of Picture Books

图画书教学与拓展
Education and Extension of Picture Books

图画书推广与出版
Promotions and Publications of Picture Books

2

图画书 创作与表现

**Creations and
Expressions
of
Picture Books**

保冬妮
Bao Dongni

原创图画书的在场创作与个性表达——
与北航新媒体艺术与设计学院同学合作回望

On-site Creations and Characteristic Expression of Original Picture Books：
Reflecting the Cooperation with Students of
School of New Media Art and Design in Beihang University

2005 年，我在全国妇联媒体开始筹划办原创图画书的期刊。抓原创图画书的策划和创作始终是我的重要本职工作，那时原创图画书的土壤一片寂静，引进潮风起云涌。我们杂志与做国际版权交易的"东贩"和"日贩"长达 1 年的谈判没有达成一致后，我作为主编坚定了做原创是唯一之路。当时，很多年轻艺术家想做图画书，但是找不到出版发表的平台。我们一方面从成熟的儿童文学作家、儿童插画师队伍中找创作主力，一方面就是寻找大学艺术专业的学生们加入创作队伍。我们先后与清华大学美术学院、中央美术学院、中国人民大学徐悲鸿艺术学院、北京航空航天大学新媒体艺术与设计学院、北京理工大学设计与艺术学院、北方工业大学、北京印刷学院等院校的同学和毕业生们合作，用近 20 年的时间，创作了上百部原创图画书作品，获得"中国好书""中国原创优秀绘本奖""年度 30 本好书""全国最美绘本奖""中华优秀科普图书榜""桂冠童书""向全国青少年推荐百种优秀出版物"等奖励，以及《人民日报》等媒体评选的推荐好书。

原创作品的在场体验

艺术创作的在场，要求创作者有深入体察生活、感受生活、驾驭创作题材、描绘现实生活的能力。我自己创作的图画书，无论与文化传统相交融，还是以自然生态为源头，都极力要求创作者深入生活、触摸在场空间所具有的一切能量。尽管我们各自生活在"别处"，但是阅读让我们有可能生活在图画书的"此处"，在此处，我们真诚诉说内心的故事，表达人与时代的悲伤、欢乐、思考、感受；创作者不在场，空悬于生活之外描绘概念，这样的图画书是没有灵动生命力的。

每创作一本新的图画书作品，我会自己挑选契合这本书的画家来一起创作，这需要我对画家有着比较多的了解，画家的故乡、画家的性格、画家的画风都会影响作品呈现的艺术风格。

2009 年，当我们接到了出版社的订单，要求我们创作以江西为题材的三册图画书的时候，我正好在北航新媒体艺术与设计学院看 2005 届的毕业展。在画展上，喻翾一的《雨巷》一下子让我有了想找这位年轻艺术家的想法。我问了同学们她所在的班级，到教室找到了她，和她在一起画画的还有她的同学莫矜。于是，我和两个年轻艺术家有了第一次的交流。当我得知喻翾一就是江西来的学生，她已经多年没回家时，我提议，我的图画书工作室出经费，我们一起去江西婺源、吴城和景德镇采风，以创作图画书为目的回到她的故乡，有计划地写生和拍摄一些创作素材。

就这样，喻翾一拿到了一本以清明节为时间线，以江西小女孩回婺源看奶奶为题材的图

快到清明了，我们和爸爸一起又回到了老家。

一进村，老远就看见雨后的巷子里进进出出的人，

小阿姐怎么没来接我呢？

画书脚本，因为由她来担任绘画，书名就叫《小鱼的春天》。而莫矜拿到的是以湿地为环境、人与环境为主题的聋哑女孩与鹤的故事。同行的还有这套书《小青花》的画家，来自清华大学美术学院的黄捷，以及三本图画书的设计师——北京服装学院毕业的小隋。我们用了一周的时间住在小李坑溪水边的木楼里，与当地村民同频生活，晨闻鸡鸣而起，夜听溪流而卧。同吃同住的一周，我们 5 个人每天去不同的村子拍照、速写，呼吸着油菜花的芬芳，采集着绘画的素材。景德镇和吴城与婺源比较远，三角形的三个地点，我们全都赶到现场，记录书中主人公在场域中生活的点点滴滴，收获了许多创作素材。

原创图画书的个性表达

有了创作的第一步，满以为接下去着手绘画应该相对顺利，但是莫矜许久都找不到绘画的感觉。我们再次聊这本书的时候，他说，始终画不出文字里写的主人公的模样。我了解，心中如果没有角色，硬画下去必然是失败的，我考虑或许没有找对与莫矜个性契合的题材。每个艺术家的内心，都有强烈的个性表达的欲望，画与自己个性表达相差很远的题材，艺术家是无法驾驭的。

我还是从艺术家的故乡开始寻找与他相连的内在脉络。莫矜是北京人，我也是，我们有共同的饮食文化，或许这是一个创作的突破口。于是，我放弃了让莫矜创作江西题材图画书的想法，而开始和他聊北京的饮食文化，他对此非常有兴趣。我讲到冬天大家都喜欢吃的涮火锅——北京涮羊肉，我说我的小舅舅因为工作分配到湖北，但他是一个地道的北京人，爱极了自己故乡的各种味道，于是在南方这个对北京涮羊肉毫无概念的城市，开起了北京涮羊肉的饭馆。一开就火，连锁了好几家。这个故事让莫矜找到了创作的感觉，我针对莫矜的个性，写了《咕噜噜涮锅子》的图画书，这本图画书也是送给我小舅舅的图画书，书出版之后，他店里来吃涮火锅的顾客，每人拿到了一本《咕噜噜涮锅子》的图画书。莫矜在这本书里，用孩童的目光，把小猫、小狗、小驴和于爷爷刻画得栩栩如生。这本书出版十几年了，但是读者一直没有冷落它，它成为一本"热乎乎"的图画书，温暖着很多小读者的心。

○《小鱼的春天》内页 文/保冬妮 绘/喻翩一 人民教育出版社

在与喻翾一、莫矜的合作之前，我与翾一的首次合作是《元宵灯》，这本讲述了进京打工子弟的图画书以元宵节做背景，讲述了城里和城外孩子的节日感受，获得 2009 年冰心儿童图书奖。《小鱼的春天》获得了南怡岛国际绘本插画大赛的鼓励奖，获得进入当年博洛尼亚书展艺术家论坛的发言资格。但是，由于我和翾一当时的经济实力都不足以去意大利，我们放弃了这个机会。

找到海洋科普图画书的空间

喻翾一和莫矜硕士研究生毕业后走上了工作岗位。没有时间创作，他们把正要读研的同学卢瑞娜介绍我。我看到质朴纯真、阳光明媚的娜娜，知道她的故乡在秦皇岛的海边，童年经常坐在海边看大海，捕捉了这个瞬间，我准备做海洋动物的科普绘本。

我为她讲述了我曾经有四年的海军服役的经历，我的父亲是共和国最早的海军航空兵战斗机飞行员，我童年时在海军大院度过。我告诉她我正在创作关于海洋动物的绘本，问她是否有兴趣。娜娜兴奋地答应了。

当时，国内没有原创科普图画书，更没有海洋科普图画书，我以童话为文本基础，以海洋里大型哺乳动物为选择对象，确定了 12 册书的海洋和极地相关动物的范围。我为正在上学的娜娜推荐了 BBC（英国广播公司）的海洋动物纪录片，要求她业余时间全部要看完，了解海洋动物的生存环境。而我，飞赴菲律宾去太平洋潜水，自己去看海底的珊瑚和热带海洋的鱼类，深度了解我要创作的对象，甚至远赴北极、南极。

○《咕噜噜涮锅子》内页　文/保冬妮　绘/莫矜　新疆青少年出版社

从这一天起，小猫、小狗和小驴成了
于爷爷家的常客。
　大家坐在咕噜噜冒着热气的铜火锅
边，吃得那叫一个香啊……

《小海龟的勇敢旅程》内页 文／保冬妮 绘／卢瑞娜 南京大学出版社

"再见了宝宝们，妈妈只能祝福你们！"
海龟妈妈流下眼泪排出体内的海水盐分，
她埋好了沙坑，向蓝色的大海走去。

在绘画中，我告诉娜娜在一张有限的纸上无法表达巨大的海洋生物时，要采取出血的绘画方式，画纸上构图有留白，这样才能去表达空间和海洋动物的张力。绘画中，她确实运用这一方法，取得很好的视觉呈现效果。娜娜在选材上运用了丙烯材料，色彩更有力量感，很好地凸显了动物的生命灵性。

这套书贯穿了娜娜整个读研期间，12 册书全部利用假期和创作课的时间来完成。出版后获得《人民日报》的推荐，登上"中华优秀科普图书榜"少儿原创榜单。

生活与艺术如影随形，创作者只有是生活的亲历者、在场者才能把握生命的本质。没有体验，缺少感受，摆弄资料和文本拼凑出的故事和形象，很难表达出真情实感和有生命力的图像；有了体验，有时也未必能艺术性地创造出具有独特艺术形象的创作。艺术家的才华和技艺需要多维度的机缘巧合。灵感的迸发、思想的深度、情感的强度、内在生命力的表达，这一切都是好的图画书创作的基础。在这样的基础上，我们试图创作出自己满意、读者喜欢的好作品，也期待更多的艺术家找到自己的表达方式，创作丰收。

以真诚入画
Painting with Sincerity

马鹏浩
Ma Penghao

○ 《小勇的大海》内页 文／徐鲁 绘／马鹏浩 明天出版社

疫情的原因，我很少出门，在疫情之后也是第一次看到这么多大人，平时的工作主要跟小孩接触比较多。

说一件趣事：前几天听说要过来参加会议，自己推了一个发型，希望以比较有精气神的状态见人。结果第二天工作室的同事说："你后边头发推出来一个坑，要不帮你修一下？"然后几个人在我后脑勺修了很久，现在后边的头发有很多小坑。本来想用我画的一幅画来形容我说的头发。这是最近在画的一个小男孩，是关于大海的一本书。不过我刚看了保冬妮老师的 PPT（演示文稿），其中有一本绘本《元宵灯》里的男孩，发现和我的发型更像。

○ 《桃花鱼婆婆》 文／彭学军 绘／马鹏浩 贵州人民出版社

这一次论坛的主题是"本土·异乡"。说起"本土"，就是说我从哪里来，"异乡"就是我要去到何方。我想借这个主题说一个关于真实的"真"字。**"真"字在我们的创作里是很重要的**，它排在"真、善、美"的第一位。特别是像我们这种面对儿童的美育工作，绘本创作需要真诚的态度，还有真实的绘画状态，同时也希望能引导孩子们画出真切的感受，这是我觉得做这件事情最有意义的地方。

所以我也在思考，创作时应该以怎样的"真心"去面对。我想起自己在创作《桃花鱼婆婆》时，那段时间还没有太多地与孩子们相处，只是自己一个人在家里画，那个画的过程就特别艰难。这是我的第二本比较正式的图画书，合作的编辑颜小鹏老师是一位要求特别高的老师，过程中被不停地推翻重画，致使我有过很多犹豫和怀疑自我的瞬间。究竟画画这件事情是面对自我？还是面对

9

儿童、出版社或是市场？这个问题也让我在创作中不停推翻与重建创作的信念。我也在思考，如果以后我都要走这一条路，比如每天有一半的时间我都在画画，我要以它为事业做一辈子，我应该怎么去面对？在和儿童相处的过程中我也在思考，最终在美育领域里找到了答案。我观察到孩子们在画画时为什么可以有那么大的热情，永远不会累？他们的这份好奇心是从哪里来的？其实他们可能并没有把画画这件事情看得很重，而是像一个游戏或者一个表达自我的通道。我因此也希望做一次信念的转化：不要把创作只当工作，就纯粹地把它当成我喜欢的事情，就像做游戏，心态一下子就放松了。所以后来我们成立了一个工作室，这个工作室就叫"是游戏"，我们所有的课程都是去玩。比如说我要让孩子们去了解关于"空间"的内容，我会给他们发很多的糖，他们看到糖的时候流着口水，欣喜地用糖搭出立体的空间；我会和他们一起去搭建帐篷，他们在帐篷里打仗，在帐篷上面绘画……我看到孩子们高兴欣喜的样子，觉得这就是我想要的状态。

真实可能就是一种喜欢，发自内心地去喜欢，是持之以恒的秘诀。

做儿童绘本，看似是我们在通过故事和画面教孩子们有用的东西；又或者是做美育工作，画面要如何画才会更好看？这是有用的东西，但事实上像孩子们所拥有的——发自内心的喜爱与真诚，这种看似无用的东西才是我在从事这份职业的同时，他们回馈给我的。这也让我去重新审视做这件事情的初心，所以我觉得我是很幸运的。

说回"真实"，在西方美术史里也曾经讨论过什么叫作"真实"。在文艺复兴之后，古典主义发展到极致，随着光学、透视学等视觉科学的发展，画家把画得"像"的技法发挥到极致。特别是摄像机的发明，让画家重新去思考自己绘画的意义，因为人不大可能比相机画得更像、更真实。于是画家也重新在思考什么是"真实"这个概念，这也是绘画从技法到哲学思考发展所展现的新思路。

○ 向毕加索致敬　绘／「是游戏」工作室

○ 《云端的世界》马鹏浩毕业作品

Landing

敢紧紧地握住你，像父亲的手臂　一样厚实。
再一次不用惧怕的去冒险，因为有你的保护。
现在我看到的只有很漂亮的风景，蒙着与湿润的神神薄雾，
这些都不重要啦。
你说，又到了另一片菜畦。

Tightly hold your arm which is as strong as father's.
Again, I am not afraid of taking the risk, because I know I am under your protection.
Now I can enjoy the beautiful scene and the mist surrounding.
But those are not important, right?

　　同样的，我们作为一个生活在三维空间中的人，是观察者，也是经历者；但相机只能拍下人在这个维度空间中的其中一面。当我们在观察与经历的时候，其实我们看到的是一个多维的人，包括完整的时间和空间生活。那么我们所画的二维绘画中，二维的真实是什么？比如说印象派，它转而通过夸张光影和色彩去表达真实；立体主义，则尝试把多维的事物经过解构与重构在二维画面上诠释真实的含义；又或者是通过挖掘潜意识内容的超现实主义……其实我们在孩子的美育课堂上思考过这个问题，比如立体主义，我们就跟孩子们玩了一个游戏：画下你从多个角度观察到的人物特征，比如正面的眼睛，侧面的眼睛，还有多面的人脸……孩子们把它画下来之后再剪下来，然后再在一张大纸上去拼，这就是我们所说的解构与重构。在美育中孩子们其实有他们认为的写实概念：或许他们看到的人物的真实，并不一定就如照片一样必须"写实"。这就像"小毕加索"在向毕加索致敬。

　　绘画、绘本创作里什么叫真实？我会去回想我自己为什么要创作。我真正意义上的绘本是 2006 年大学毕业作品，那个时候我觉得我对绘画的感觉是比较浅薄的，可能在追求画面效果时，还有些"行气"。但是画这本书的时候，我抱着一个信念，是用真心、真诚地喜欢这个故事，这本书名叫《云端的世界》，是送给那段时间刚刚离去的父母的创作。

　　我们为了什么而去绘画？我现在绘画的时候，会去问自己几个问题：我为什么要画这本书？在面对这本书的时候，我应该怎样去创作？通过这次的创作，我要前往何方？其实跟我们今天说的"本土·异乡"的概念是一样的。当然用这个方式去想的话，我不希望自己是一成不变的，希望通过每一次的创作，可以挖掘出自己更多的可能性。

11

被吃掉的小宝宝

P.H

○ 与作家粲然合作插图

○ 《一个梨子掉下水》 文／绘／马鹏浩　华东师范大学出版社

这是跟作家粲然合作的一本书。粲然的故事很荒诞，带有脱离现实的描述，我没办法把它画得很写实，于是尝试用抽象的方式去表现。这个创作用到了很多泡沫板，我把它裁切出来后在上面刷上颜料，然后一个一个地印。

后来画到这一本《小熊，快跑》的时候，由于我是南方人，很想把南方的气候和人文画出来，我就想起小时候跟我妈去市场买鱼的场景，那边的市场特别湿润，鱼的腥味特别重，我就经常会甩掉妈妈的手……后来妈妈生病了，我就真的不愿意放手，很想牵着手一直走下去，所以我会用写实的方式去画这种和自然、人文有关系的绘画，通过绘画这本书，和过去的自己、和母亲相遇。

我在创作时间自己这三个问题，也对应的引发了关于哲学的思考：我是谁？我从哪里来？我要去哪里？

○ 《小熊，快跑》 著／史雷　绘／马鹏浩　明天出版社

每本书可能都会带领我们去往不同的地方。《一个梨子掉下水》是我尝试自己写自己画的一本绘本。这本书探讨的就是"我是谁"这个哲学思考。内容说的是有一个梨子掉下去了，一只鸟看到了梨子屁股，另一条小鱼看到了梨尖尖，它们通过看到的梨子猜这是谁？它们猜了很多动物，最后终于猜到对方是谁了，它们很开心地做了好朋友。这个时候突然梨子重重地撞到了大石头上，沉了下去，小鱼跳出了水面并看到了小鸟，虽然它们在之前通过梨子成了朋友，但此时却不认识对方，反而被对方吓到了……而这个代表了小鸟和小鱼的想象和思考的梨子，它由始至终一句话也没有说。这是关于人与人之间"距离"的探讨，我和你之间的距离是远或近呢？用什么来衡量亲疏？

我觉得创作中的"真实"也是一种自信，比如说我们常常讨论的文化自信。什么叫文化自信呢？有些时候我们会认为是画风的选择，比如说水墨的、剪纸的……都是中国的风格。

○《大熊的信箱》内页 文〉彭学军 绘〉马鹏浩 贵州人民出版社

○ 小朋友送给马鹏浩的画

其次当然还有关于内核的。比如《大熊的信箱》这本书，文字作者彭学军老师想写一本书送给她的母亲，因此构写这本关于生命主题的书。我也是，在这本书中我画了一只燕子，因为我的母亲叫林小燕。同样国外图画书也有关于生命与死亡主题的，比如《活了一百万次的猫》《獾的礼物》等，中国的精神内核会如何描述关于生命主题的故事呢？我给这本书的主角大熊设定成一个全身橘红的色彩，它很特别。书本渲染的周围环境是比较压抑的，用钢笔画奠定怀旧的基调，还有老照片拼贴。大熊是沉默寡言的，对应的是中国人的含蓄内核。它不会把自己的内心情绪表达出来，但它也不会放弃生活的热情……大熊在故事中就是非常含蓄的，但心中是"有火、有希望"的状态。我想表达的是我们国家的、自己民族的内核，虽然含蓄内敛，但同时也包含着对生活和这片土地的热爱。大熊在和朋友建房子的过程中与自己和解。我的学生看了这本书之后画了一幅画，送给我的燕子妈妈，我想孩子也在这个精神内核中找到了共鸣的情绪才会画这幅画送给我。

我觉得"真实"也是一种责任感。不仅要喜欢这件事情，还要对它有一种责任心，不是所有的创作都是为所欲为的。像创作《孙悟空打妖怪》时，我当时是被"孙悟空打妖怪"这个

标题给吸引的，我觉得故事应该会很热闹。它是一首家喻户晓的童谣，作者是樊家信老先生。画到最后的时候我突然发现不对劲，感觉故事停在最后一句话"妖魔鬼怪消灭光"，像在宣扬暴力。前面都是打妖怪，但是最后停在了这一句以暴制暴的语句上。所以我跟编辑说我可能要重新去想一想怎么画这个故事，最后我修改了这个故事的图画部分：这本书设定在悟空唐僧一行人取完经回来的路上，在书的前环衬，我画了唐僧在菩提树下折了一枝菩提枝并一路拿着它。这其实也是一本无字书：悟空是很调皮的顽皮男孩的形象，所有的妖怪都很害怕它。我用图画表现了两条故事线，上面是悟空一行人，下面是妖怪的那条线。妖怪都很怕悟空，但其中有三个大妖怪不怕他。这三个大妖怪冲出第二条线后，叠罗汉似的披上人皮变成老妖婆，然后去骗唐僧和八戒。还好这个时候悟空看到了，正当老妖婆要把唐僧他们吃掉时，悟空从天而降……最后故事停在这句话：妖魔鬼怪消灭光。其实在这个过程中唐僧是在劝悟空不要打的。我最喜欢的是页面右上角，热闹之后的一种空旷感，这幅图画出唐僧的反思：妖怪为什么要吃我？可能它们是因为没有食物，那我把我所拥有的送给它们。于是唐僧把自己的菩提枝种在了沙漠里面，这时有一条水流突然流过来……最后和大家玩个游戏：不知道大家能不能找到这沙漠里突然流出来的水流是怎么来的？（其实是那座山的妖怪被打了之后流出来的口水。）

○ 《孙悟空打妖怪》 文／樊家信 绘／马鹏浩 中国少年儿童出版社

这个时候我就觉得创作是一种责任感，有些时候虽然文本没办法改变，但是我们可以通过图画去改变它的内核。

总结一下：在绘本创作中，我更期待追求"真实"。而什么是"真实"呢？在美术史中有关于"真实"这个概念的探索。在我的认知中，"真实"可能是一种喜欢，发自内心地去喜欢，是持之以恒的秘诀，"真实"也是一种自信，"真实"还是一种责任……

我不知道在这场讨论中能不能触及真善美以及"真实"的核心，但是我所理解的"真实"就是：我在成长，我在经历。

这个是我的分享，谢谢大家！

儿童图画书的创意三要素

Three Elements for Creativity in Children's Picture Books

王 婧

Wang Jing

○ 左一
《小粽子，小粽子》文／绘／卷儿 接力出版社

○ 左二
《饺子和汤圆》文／卷儿 绘／任晶晶 新世纪出版社

○ 右一
《小年糕，过大年》文／绘／卷儿 接力出版社

○ 右二
《从前有个月饼村》文／绘／卷儿 接力出版社

　　我一直从事图像叙事领域的研究工作。2015 年在中国传媒大学开设了绘本创作课程，后面紧接着投身创作一线，从 2016 年至今，陆续出版了十余本绘本，其中包括《饺子和汤圆》《小粽子，小粽子》《从前有个月饼村》等深受小朋友喜爱的绘本作品。今天我将基于个人的创作和教学经验，简单聊一聊在绘本创作的过程中如何进行创意构思。整个分享分为三个部分。第一部分是"为谁做"，从受众需求的角度了解创作的初衷。第二部分是"做什么"，在了解受众需求之后，我们该如何筛选合适的主题。第三部分是"怎么做"，即我个人创作实践的经验分享。

　　在座的各位专家都是绘本领域资深的实践者和研究者，绘本是一个细分的研究领域，在大多数人眼中，"绘本"和"孩子"这两个标签是经常绑定在一起出现的。但实际上，"孩子看的书"与"绘本"之间是彼此交融又相对独立的关系。不排除大多数的绘本读者都是儿童，但绘本的确也有专门为成人创作的，比如像几米的绘本，就比较偏向治愈系，它的受众定位是成人。对于创作者来说，我们要在受众群体中去做取舍，一本绘本很难取悦到所有受众，但至少我们可以找到受众群体中那部分富有童心的成人和喜欢绘本的孩子，也就是大家看到的"孩子的书"和"绘本"两个领域相互重叠的部分，这也是我一直在深耕的领域，好的绘本一定能同时打动孩子和大人。

○ 《该洗澡啦，小山药！》文/绘 卷儿 新世纪出版社

第二个部分是"做什么"。确定了"为谁做"——要做让大人和孩子都喜欢看的书。那接下来，怎么样同时兼顾价值取向完全不同的两类群体呢？我尝试总结了绘本创作的四个要素。对于成人和对于孩子来说，这四个要素在他们心中的排序是有位置变化的。比如，对于普通读者家长来说，为知识付费想要的结果是：孩子读了书之后可以学到什么。比如"能不能看完这本书以后会刷牙"这类实际应用的转化，这是大人比较关注的。其次是趣味性和艺术性，这两者是交融在一起的。大多数的绘本都在塑封的包裹下，我们只能看见封面，所以在这样的情况下，消费者会在同类型的绘本中，根据画面风格或者其他个人喜好进行选择。最后打开这个塑封、读完这本书之后，才能充分感受到这本书内文所呈现的叙事性。这一点也是最重要的，因为它决定了这本书还有没有被再次翻开的机会。

而对孩子来说功能性肯定是要排到最后一个，趣味性和艺术性放在前面。其次是"妈妈读完这本书以后，我发现故事好好玩，我还想再听"的叙事性，最后才是功能性。学龄儿童也会根据主题自主选择书目，阅读后给出反馈，比如"这本书封面看起来像探险的故事，我喜欢冒险，所以我想买这本书"。

结合我们之前限定的受众范围，又要兼顾四个要素之间的平衡，那么问题来了，大人和孩子都喜欢的主题会是什么呢？——"好吃""好玩"，没有人会拒绝这两个关键词。于是，我的以食物为主角的节日美食系列作品应运而生。对于孩子来说，这是具有趣味性的。我用生动可爱的角色和简洁明了的绘画风格描绘传统节日文化，将"吃""玩""学"完美地结合在书中。事实证明，我的判断是准确的，这套书籍不仅非常受孩子们的喜爱，还收获了不少成人读者粉丝。

第三部分就是"怎么做"，我经常会用到提问的方式进行创作。因为我有两个孩子，年龄阶段不一样，因此会遇到的问题也不一样，这给我的创作带来很多灵感。比如说，我在做《该洗澡啦，小山药！》的时候，我想解决的问题就是，如果孩子讨厌洗澡、讨厌吃蔬菜，我该如何用故事去解决问题呢？其实尝试努力寻找答案本身就是一种很好的作品构思方式。用好玩的、趣味性的方式去引导孩子，既是对孩子成长过程的记录，也是对自己摸索亲子教育的实践。这就是我自我发问、寻求答案的创作过程。

《爸爸更爱谁?》 著绘/卷儿 二十一世纪出版社

《妈妈要上班》 著绘/卷儿 二十一世纪出版社

　　最后一部分,因为我是做动画出身的,所以一直在探索如何在绘本中加入一些更多元化的视听元素。所以从 2017 年我就开始尝试在《小粽子,小粽子》里面自创歌曲,这样的尝试获得了读者的好评,同时也带动了其他作者的音乐创作热情。简简单单的音乐,却可以给孩子阅读的过程增添许多美好的阅读感受。而在《从前有个月饼村》一书中,我继续寻求自我突破,研究如何在普通精装绘本中加入立体纸艺结构,这样一本绘本不仅仅是视觉的盛宴,还有音乐和可以触摸的立体结构,丰富了阅读过程中的感官体验。

　　之所以如此用心地投入创作,是希望能够把更美好的阅读感受带给孩子,这大概就是我这些年来在绘本领域深耕的动力源泉。今年有两本新书,告别了之前的美食主题,开启了新的主题探索。像《妈妈要上班》其实就是我对现代女性“如何兼顾家庭和事业”这一问题的思考。《爸爸更爱谁?》聊的是二孩家庭中普遍存在的两个孩子争宠的问题。不难看出,我所有的故事都是围绕着我的生活展开的,从生活中发现问题并解决问题,是我创作的灵感源泉。

　　儿童绘本市场近几年来一直呈现出稳步增长的趋势,也是出版行业中比较活跃的板块。很多出版社都在通过各种方式,比如举办赛事等方式挖掘新人、扶持原创,这给创作者营造了良好的创作环境。因此近几年来,涌现出了一批非常优秀的原创绘本新秀,这也为绘本未来的发展做好了梯队建设的准备。我认为绘本未来的发展格局不应该仅限于纸质出版,应尝试更多的内容跨界融合,比如绘本和影视动画、绘本和商业品牌的联动。将儿童内容的格局放大,实现全线贯通,整合优势资源,进而实现 IP(知识产权)最大化开发。

　　这也是我今天想和大家分享的主要内容,谢谢大家。

19

从《木兰还乡图》谈传统图像的转译创作

On the Reinterpretation of Traditional Images from the Painting of *Mulan Returning Hometown*

王树良　巴亚岭

Wang Shuliang　Ba Yaling

抗战时期，救亡图存成为最主要的社会意识。日本发动的侵华战争将中国各个社会阶层的关注点统一到抵抗侵略、保家卫国的时代洪流中，"国人不同程度地从自己所属的社群脱离出来，加入到建构民族国家的宏大叙事之中"[1]。这个时期不仅出现了抗战文学，还出现了国货广告和抗战漫画等。这些图式与战争所引发的思潮相结合，实现了抗战时期政治信息的图像传播，成为民族危机语境中社会动员的重要手段。

实际上，早在 20 世纪初期，月份牌上便已有政治性信息的表达。到了 20 世纪 30 年代后期，作为一个重要的大众媒介，月份牌再次较多出现政治性诉求，并多以转译传统图像为策略，进行了抗战宣传与公共传播实践——更多具有政治属性的传统图像元素被选取和呈现，如典故中的花木兰、岳飞、梁红玉等，形成了鼓动、斗争和爱国的图像语言与视觉框架。其中，杭穉英、郑梅清等联合创作的《木兰还乡图》通过对花木兰这一传统女性英雄形象的转译创作，使月份牌在商业传播之外还起到了宣传国民抗战、激发民族认同、聚合女性力量的社会动员的作用。

一、木兰形象的渊源及《木兰还乡图》

在文学领域，北魏民歌《木兰辞》将木兰塑造为因"可汗大点兵……卷卷有爷名。阿爷无大儿，木兰无长兄"而替父出征、抵抗入侵、最后回归家庭的孝、忠、勇形象。唐朝时期，韦元甫据《木兰辞》创作《木兰歌》，以"忠孝两不渝"直陈木兰的忠孝精神。明代徐渭的杂剧《雌木兰替父从军》，则为木兰冠以"花"姓，直接导致后世多称木兰为"花木兰"，并着意强调了木兰之"忠勇"。清朝时期，章回体小说、戏曲等作品则重点想象并陈述了木兰的征战历程，如永恩的《双兔记》、鼓词《花木兰征北》。

在视觉艺术领域，明代的《闺范》以《木兰辞》为范本，刻画了身着戎装拜别父母的花木兰形象。自清代开始，以木兰还乡为母题的卷轴画作品开始增多，余集、禹之鼎、任伯年等都有以木兰为主要形象的绘画作品。直至晚清，木兰从军主题被转到了通俗画领域，通俗画家吴友如等以新笔法或是新构图模式绘制了相关作品，得到了广泛传播。

20 世纪初，花木兰及其从军典故从书面被搬上了舞台或大荧幕。如 1917—1918 年间，陈蝶仙创作的《花木兰传奇》；1917 年，梅兰芳以京剧形式表演改编后的《木兰从军》；1924 年，由民新电影公司投资、梅兰芳主演的电影《木兰从军》中的《走边》片段；1927 年，由天一青年电影公司投资、胡珊主演的《木兰从军》；1928 年，由民新电影公司投资拍摄、李旦旦（即李霞卿）主演的《木兰从军》；1939 年，由华成影业公司投资、卜万苍导演、欧阳予倩编剧、陈云裳主演的《木兰从军》等。据统计，1917 年到 1949 年间，以"木兰从军"为题材的、目前仍有存目的戏剧达 23 种，其中能够明确创作时间为 20 世纪 40 年代的有 10 种，涉及话剧、京剧、歌剧甚是弹词等多个种类[2]。

基于此种社会潮流，20 世纪 30 年代，月份牌的广泛流行也使其成为传播政治信息的理想载体[3]。在多种媒介共同搭建的抗战叙事语境中，月份牌领域频繁出现"木兰从军"主题创作，穉英画室、筱山、谢之光等有名的月份牌画家都曾绘制过该类月份牌。

木兰还乡图

《木兰还乡图》绘/杭穉英、郑梅清、周柏生等共二十一位名家其中，杭穉英、郑梅清、周柏生、吴志厂、谢之光、金肇芳、金梅生、李慕白、田清泉、杨俊生、郑午昌[4] 联合创作的《木兰还乡图》是该时期该主题的代表性作品。据杭穉英之子杭鸣时回忆，"抗日时期……沪上诸月份牌画家自发组织起来集体创作了一幅《木兰荣归图》（即本文的《木兰还乡图》），由父亲执笔画了花木兰，并由大家自费出版，表达他们对抗日的希望。这在当时是具有一定风险的义举。"[5] 这幅作品后来分别被上海汇明电筒电池制造厂和上海华明电池厂两家民族资本企业用来印刷成了月份牌广告。

其中，上海汇明公司的月份牌将公司名称、电池和电筒等商品置于主图的周围，对原图作了完整展示；上海华明电池厂则将原作左上方的题注删去，置换为电筒商品，并在图像的右上方和下方空余处分别加上了商品、品牌口号以及强调商标的广告话语。通过两个企业对图像视觉信息的增删修改可以发现，在商品宣传用途上，该月份牌的设计与其他月份牌并无不同。但是，月份牌主图《木兰还乡图》的意指一如题注所示，是"精心妙手的合绘，制作精美，用意深长"。特别是从公共传播的角度看，该月份牌借助扎根于民间的、具有连贯性的视觉修辞手法、近代中国各类广告对女性主体意识的肯定和认同倾向[6]，以木兰这一被反复刻画、转述创作的民族女英雄形象为宣传模范导向，对女性乃至广大民众积极抗战进行了社会动员。

二、《木兰还乡图》的母题及其转译

20 世纪 30 年代，民族危机空前严重，社会各界皆采取相关举措着力动员社会力量，女性也成为重要的动员对象。新生活运动、女界抗日民族统一战线等皆致力于吸纳女性力量到民族抗战队伍中去。上海的文化媒介也因花木兰兼备年轻以及对国家忠诚、不怕牺牲等精神，常以"木兰从军"典故为母题进行再创作。月份牌即是这种转译"木兰从军"母题的代表性媒介之一。

需指出的是，早期的月份牌也曾使用过中国传统女性形象或其他传统图像，但这主要是外国资本家为了推销产品，尽量贴近中国文化和民众喜好之所为。其中使用较多的是《红楼梦》中的人物或古代四大美女形象，《潇湘馆悲题五美吟》《晴雯撕扇》《四大美女屏》等是此类月份牌中的典型作品。月份牌发展鼎盛时期对摩登女郎形象的使用亦是为了推销商品、促进消费，和使用传统女性形象的动机大同小异。而花木兰于抗战时期成为月份牌的表现对象，则是民族危亡时刻画家们积极参与抗战社会动员的主动选择和女性主体觉醒的视觉表征。

如上文所述，月份牌以刻画摩登女郎作为商业策略，形成了相对稳定的符号联结和固定的图像模式。在《木兰还乡图》中，花木兰唇红齿白的姣好面容，具有鲜明女性身体特征的形象，延续了月份牌一以贯之的"摩登女郎"形象。但另一方面，该月份牌通过对木兰形象姿势和表情的设计、场景安排以及明确的角色运用，使木兰的女英雄形象成为对"摩登女郎"形象的意涵扩展，从而具有了商品宣传之外的"公共传播"属性。

尽管"所有的形象都是多义的"[7]，但明确的身份信息可以对图像的叙事本质进行锚定，尤其当有关键的图像元素时，可以引导观者的联想和思想结构的重建[8]。千百年间各类文化体裁对"木兰从军"典故的持续性叙事，使花木兰这一人物形象及其象征的忠勇内涵妇孺皆知，甚至形成了相对稳定的认知基模。画家们使用"旧的、但有新内容的中国传统形象"，减少了观看者接受既定知觉讯息和文化讯息的阻碍，从而便利了女性抗战形象的建构乃至对其认同感的塑造，亦在以木兰的爱国特质，警醒国人与侵略者进行斗争[9]。这种能动的形象建构亦得到了月份牌中"用意深长"题注较为隐秘的证实，使《木兰还乡图》成功实现了对忠勇木兰形象的重塑。

三、木兰图像的转译及其抗战形象建构

1939 年，欧阳予倩作为编剧的电影《木兰从军》上映。电影以身骑骏马、面容欢快的木兰，身后有飘扬的"花"字旗帜及一众士兵，木兰的亲属在家门外等候等视觉元素构建了木兰凯旋场景。与之对比后发现，《木兰还乡图》月份牌从这一电影场景中得到了许多创作灵感，借用了已有的画面。杭鸣时对此也曾回忆，杭穉英在设计《木兰还乡图》中的木兰形象时，对 1939 年的电影《木兰从军》中由陈云裳扮演的木兰形象有所参照。据此，《木兰还乡图》月份牌的创作时间应在稍晚于电影《木兰从军》的 1940 年左右。

这一时期，以"今之木兰"等为题进行"女战士"报道、发表基于"木兰从军"典故的文章和出版民族英雄典故的书籍是文化界教育儿童和少年、动员女性的常用策略。例如在 1938 年，《申报》曾发布小学生愿望专栏，名为毛文秀的五年级学生表示"希望做花木兰第二。古人说的，凯旋作战士，战死为国殇！因为我国现在的局势，正是千钧一发……"[10]《大公报》也有相关社评，如《劝从军》中道："女役为最崇高的骄傲，父母应以自己的孩子当兵为光荣……木兰从军，卒报家国之仇。好儿女，不当如是邪？"[11] 在出版领域，春江书局于 1939 年编绘出版了一套包括《花木兰》在内的《历史故事连续画》等。

事实上，沦陷后的上海有着严格的内容审查制度，导致当时抗日救亡话语的表达颇受限制。但一如时人评价电影《木兰从军》时所说，"历史事物于现代政治社会很少关及处，在当地检查机关检查时，也不会发生删减等事"[12]，征用"木兰从军"等典故成为时人规避审查风险的共识。所以，各种媒介以"木兰从军"典故为创作之源，将木兰与"民族英雄""女英雄""典型女性"等动员话语相结合，使具有动员作用的多样木兰形象或故事相继出现。

花木兰是中华民族传统符号之一，国人对这一形象有着相对统一的阐释框架和认知倾向，经年累月的叙事积累几乎使其成为连接全民族精神体系的黏合剂。从当时的报刊文章来看，人们普遍将"木兰从军"作为具有历史启发性和教育意义的动员女性力量的思想资源和行动指引，这一"女性神话激发了年轻女性革命者和改革者的灵感"[13]。月份牌《木兰还乡图》对花木兰形象的能动建构、呈现和利用，使其能以普通人共享的文化和符号，激发普通女性的爱国情感，并以木兰为精神和行动的双重榜样，为普通女性确立着国族观念和"匹妇有责"的政治意识。

《木兰还乡图》月份牌中对花木兰的衣着和姿态、所处场景的刻画也对凝聚共识、聚合女性力量的社会动员起着作用。该月份牌将身骑白马、戎装扮相的花木兰置于图像中心，起着为观看者设置视觉议程、聚焦其视觉关注力的作用，并进一步强化了花木兰的主体身份和

英雄角色。这些视觉设计无形之中加深了人们对该形象的关注以及由此延伸的尊崇情绪。涂尔干认为尊崇是承认某人的道德权威进而服从，对其形成的观念里内在地具有一种物质能量，这种能量能征服人们的意志并使之遵循人物指出的方向[14]。对花木兰的尊崇感，号召着普通民众应以花木兰抵抗侵略的参战行为作为行动指南。

不仅如此，如时人所说，"木兰从军里给了'女子是否能驰骋沙场'这个问题以肯定的答案……现代的木兰要尽为国尽忠的义务方便多了，我们希望……每一个女同胞都如木兰似的能振奋精神，以守土卫国为'光大门楣'的方法，要让人家知道女孩儿亦能尽忠报国，光大门楣"[15]。当木兰居于图像中最高、最显眼的引领者位置时，图像便尤其强调了女性发挥社会价值和施展能力的可能性——女性不仅能走出家庭、职业独立，还能和男性一样在军事政治领域中发挥核心领导作用，这对女性而言是莫大的鼓舞。增加抵抗群众的力量和壮大反侵略的队伍对战争和政治有益，女性力量占据集体力量的一半，因此强调女性参战的重要性和建功立业的可能性，对号召全民抗战具有重要意义和积极作用。

在全民抗战时期，月份牌是将严肃信息传达给社会底层民众、对其进行精神教育的普及型媒介，《木兰还乡图》则成为对民众进行民族情感教育的公共知识源。它在普遍、稳定的传播过程中建立了底层民众与主流社会之间的链接，向普通民众灌输了家国情怀、提升了普通民众的精神层次并赋予了其精神力量，凝聚着最广泛的群众力量。

结语

《木兰还乡图》月份牌以典故中的女英雄为主体，并辅之以象征征战的符号元素，建构出了独特的、意蕴更为丰沛的女性抗战形象，成为传统图像在特殊时期被转译的一个代表性图像。再者，在贴近普通女性集体记忆、利用视觉设计手法将观者注意力集中到花木兰这一形象且延伸出尊崇情绪，以及对女性进行多元情感关照的设计中，《木兰还乡图》发挥着凝聚共识、抗战救国的社会动员作用。

在历史结构和媒介话语环境等因素的多重影响下，《木兰还乡图》月份牌整合了传统图像和公共传播叠加的文化生产逻辑。由此，不仅月份牌作为一种传播媒介设计在其发展过程中呈现出了超越商业价值的综合性社会价值，传统图像也在被不断转译的时代背景中通过延伸创作发挥了新的公共价值、承载了新的历史意义。而抗战期间《木兰还乡图》对传统木兰图像的再创作与阐释利用，为当下和以后的图像发展提供了历史借鉴，并为传统图像是否能承担新的符合时代的公共价值的问题提供了来自历史的答案。

用绘本讲述戏曲故事

Telling Chinese Opera Stories with Picture Books

张 立

Zhang Li

○《舞乐骑虎击鼓》东汉时期

一、戏曲故事在民间

戏曲艺术在华夏大地经历千百年的演变与变迁，逐步形成自己独特的舞台艺术表达形式。清乾隆年间，四大徽班进京后，戏曲艺术经历了兼收并蓄、不断融合的发展过程，在众多前辈艺人的努力下最终形成了京剧艺术，也被誉为"国粹"。（京剧 2006 年 5 月由国务院列入中国第一批国家级非物质文化遗产名录，2010 年被列入联合国教科文组织非物质文化遗产名录，人类非物质文化遗产代表名录。）戏曲艺术在发展进程中，戏曲文化在民间也逐渐发展起来，受众群体十分非常广泛。上至帝王将相、达官显贵，下至黎民百姓，得到各阶层人士的喜爱。戏曲演出剧目丰富，艺术表现极具感染力。舞台上表演的戏曲故事同样是民众耳熟能详的，内容也都是来自民间，雅俗共赏。戏曲在发展过程中积累了丰富的日常生活及反映社会题材的内容。戏曲故事概括类型有惩恶扬善、才子佳人、美好生活、孝敬父母、清官断案等。这些内容大都和我们当下提倡的社会主流价值观吻合。所以戏曲本身故事内容就非常丰富，已经具备了一个很好的再创作的故事基础。在中国美术史上流传下来的以传统戏曲故事为内容的美术表现形式也非常多样，在当时对戏曲文化的传播起到了很好的宣传作用。这些戏曲题材的美术作品都是祖先给我们留下的宝贵文化遗产，也为我们今天的创作提供了很好的视觉图像参考，如传统壁画、砖雕、木雕、泥塑、彩塑、剪纸、皮影、年画等民间美术形式。这些视觉艺术所表现的戏曲故事题材种类形式丰富，其传播手段和路径也都紧密围绕老百姓的日常生活及其关联地点展开。比如在年节假日、婚丧嫁娶、家族祭拜、农耕节气、市井集市等，这些时间、地点、环境，都具有很好的社会传播条件。在年复一年的时间长河中，戏曲艺术及文化就这样伴随着老百姓的生产生活、朝代更迭，在中华大地绵延不绝、源远流长，发展至今。

进入新世纪，中国经济也步入高速发展阶段，随着人民生活水平的不断提升和对文化自信观念认同感的增强，老百姓对文化产品的消费观念和习惯在慢慢发生变化。其中，对传统

《卖水》 平阳木版年画

文化产品的需求在逐年增长。从家庭教育的角度看，在培养下一代教育中，对涉及本民族传统文化代表之一的戏曲艺术的学习与了解，也正在成为更多年轻一代父母们给孩子们的选择。那么随着市场对传统文化产品关注的热度不断攀升，图文结合能够很好地解读戏曲艺术的戏曲绘本也逐渐受到读者的关注。消费层面对戏曲绘本出版物需求增强的同时，也伴随着消费者审美能力的提升，这样，对戏曲绘本的创作就相应提出了比较高的要求。

二、戏曲绘本创作

本人在指导戏曲绘本创作前期，根据创作要求，对传统戏曲剧目进行了分类梳理。在整理过程中充分考虑到戏曲流派、名角唱腔、角色扮相、剧目内容等诸多因素，目前梳理出一百个剧目，然后按照分类进行系统性创作指导，下面简述戏曲绘本创作流程及相关注意问题，供大家参考。

1. 关于绘本脚本创作

脚本创作质量是关乎绘本能否成功的基础，其基本要求是：故事结构要清晰完整，人物性格及人物关系都要交代明确，具可看性、可读性。叙事方式一定要考虑到视觉表现性。这里，需要强调的是，要多从读者，尤其是青少年读者的观看角度去考虑叙事情节的发展变化。为了做好脚本基础功课，在前期准备过程中，要求创作者多看、多听，了解相关的戏曲剧目背景知识，包括剧目的相关资料研究学习。同时，要到剧场去听戏、看戏，包括要在后台观摩演员化妆、排练等过程。在进行相关戏曲剧目知识学习了解，并对其研究梳理后，就可进行文字脚本的编写。从舞台剧目的剧本转化到戏曲绘本脚本的创作，并不是简单地把戏曲剧本变成绘本脚本，而是一个提炼再创作的过程，其间需要运用绘本创作角度进行视觉语言的提炼，在保留原有戏曲剧目情节与人物关系基础上，根据绘本创作要求进行编写，例如故事情节发展主线、人物语言对白与情节的交代、矛盾冲突的发展、剧情高潮等，通篇叙事要求既要符合原著内容，同时还要符合绘本创作要求和读者观看需求。

2. 关于美术造型设计

前期脚本创作阶段通过后，就可以开始造型设计，在这个阶段鼓励大家从美术风格上进行民族化的视觉设计实验，包括整体画面中人物和背景之间的关系，都要反复斟酌推敲。在美术造型阶段对传统戏曲图像的学习整理也是非常必要，因为戏曲故事在民间有广泛的历史发展基础，在其传播过程中也积累了丰富的民间美术视觉图像资料，为我们开展这方面的教

学与研究提供了许多宝贵的文献参考。在进行戏曲绘本美术造型创作过程中，对戏曲知识也是一个不断深入的再学习过程。因为戏曲舞台表演艺术的特点，创作者在涉及戏曲题材创作中，往往都是通过寻找相关剧目录像片段和舞台剧照图片等资料来作为创作依据，但戏曲艺术是程式化艺术，对造型化妆有一定规范性的要求。创作者如果仅仅依靠图像资料，知其然不知其所以然，照葫芦画瓢，就容易出现造型设计错误问题。另外，绘本美术造型创作是依据舞台表演中演员所穿戴服饰及妆容设计，但绘本的造型绘制又不可能完全与舞台造型一样，需要根据绘本创作要求进行提炼处理，这样就带来问题，哪些该删减？哪些该保留？这就需要对其舞台造型做细致研究分析，要做到关键造型元素一定要准确保留、准确呈现。这样才会给读者一个正确的戏曲艺术视觉体验。在这个创作阶段，为进一步增强创作者对舞台角色的现场感受，我们在创作过程中也会根据情况，安排创作者亲自体验戏曲化妆及戏曲服饰穿戴，也希望通过这样的学习方式有助于创作者对角色有较好认识及完整体验，以此来保障戏曲角色造型创作的准确性。

3. 关于戏曲绘本创作中背景容易出现的问题

戏曲在舞台上表演是以虚带实。经典背景环境就是"一桌二椅"，舞台上没有更多其他道具。但是小舞台却可以容纳天地，这也是戏曲艺术的程式化表演特点决定，作为意象化的表演艺术更多强调写意性。在舞台上，演员把马鞭子一挥，可能就表现越过了千山万水；在舞台上，三两人物也可能就代表了千军万马。舞台空间随着剧情发展与演员表演的展开可以无限延伸，不断重新界定。但是在绘本创作中，如果只是简单照搬舞台，都画成一个画面背景，低龄读者可能就看不懂或感到乏味。所以，戏曲舞台及表演方式如何在绘本创作中得以体现，就要求创作者要进行相关的研究。所以我们在创作绘本时，一定是在了解剧情、了解戏曲艺

术表演特点的基础上，再深入研究画面构图形式语言、构成与表现语言，根据绘本视觉表现特点展开创作，这样创作的画面才能更好呈现出戏曲艺术之美。

4. 关于画面叙事性表现方式

绘本的叙事性，是通过单幅画面的构图设计与连续画面的视觉组合呈现，为读者展开剧情、讲述故事。对于许多初次接触绘本创作的创作者来讲，之前的创作可能更多还是接触插画这种单幅绘画形式，因为绘本是通过连续的画面进行叙事、讲故事，那么多幅的绘本创作与独幅插画创作之间还有着很大的区别。对于连续画面讲故事的要求，需要进行针对性训练。绘本连续画面构图要依据情节发展需要，随着剧情的发展，画面构图呈现变化。在创作草图阶段对故事内容及画面的连续性进行分析，根据故事情节的推进开展连续性画面的创作研究。同时，也要根据剧情的发展对画面人物、构图组合的画面进行测试。容易出现的问题，如人物造型与背景之间的虚实关系、色彩关系不和谐。在构图上，前后页之间，观看角度的相互关系不明确等。绘本整体呈现还要注意画面之间的节奏感，视觉上有快有慢，有松有紧，才符合读者观赏习惯。

5. 关于戏曲知识点

从戏曲文化传播角度出发，为给读者比较全面的戏曲知识信息，我们在绘本后面通常会附上相关剧目的戏曲知识点板块。把戏曲的一些小常识用连续画面的方式呈现出来，比如有角色化妆的过程描绘，有衣箱方面的一些知识。那么这个过程也是邀请专业化妆师与服装师协助，通过这个环节也可以更好地传播正确的戏曲知识。

三、戏曲绘本创作成果

通过对戏曲绘本的创作研究与实践，学生们在掌握了绘本的表现语言与表现方式的同时，对戏曲艺术也有了更深入地学习与了解。我们的戏曲绘本创作也不仅仅停留在教学与研究阶段，其教学成果也与社会衔接转化。从 2017 年开始，我每年都会策划一个有戏曲绘本内容的展览。比如，由本人担任策展，从 2017 年到 2020 年连续四年在北京国际设计周期间举办"戏曲绘本、动画、新媒体设计展"。在展览期间还举办"青少年戏曲绘本插图工作坊"等公益活动，产生了很好的社会效果，也感谢北京国际设计周组委会给予我们的大力支持。由本人策展举办的"戏韵生动——中国戏曲绘本创作展"，得到了中国美术家协会漫画艺术委员会和动漫艺术委员会的大力支持。"画里有戏——传承经典·绽放新生"在北京天桥艺术中心举办，多部戏曲绘本还获得奖项，如中宣部"原动力"中国原创动漫出版扶持计划，厦门国际动漫节"金海豚奖"，北京市大学生动漫设计大赛，"新光奖"国际原创动漫大赛等诸多奖项。目前，由出版社正式出版的戏曲绘本有《野猪林》《四郎探母》《洛神》《草船借箭》等。这些展览活动和出版物在戏曲文化传播与社会教育方面，得到专家、观众、读者的认可。

随着社会对戏曲艺术的关注，以及家庭教育、社会教育对戏曲绘本出版的持续需求增长，更多的年轻专业作者会加入创作队伍之中。相信在不久的未来，市场上也会出现更多经典、优秀的戏曲绘本作品，将中华优秀传统戏曲文化在华夏大地继续传播下去。

图画书教学与拓展

Education and Extension of Picture Books

图画书的故事与图文叙事
Stories and Image-Text Narratives in Picture Books

陈　晖
Chen Hui

今天论坛设计的所有板块，集合了图画书所有的流程和环节，集结了图画书图文创作、教学研究、编辑出版的专业队伍。基于我们共同的努力和热爱，原创图画书取得了长足的进步，也将会有令人欣喜和振奋的未来发展。今天在场的有许多图画书的学院派，通过田宇我们看到了中央美术学院，通过主办方我们看到了北京航空航天大学，卷儿代表着中国传媒大学，我代表的是北京师范大学。北京师范大学 2015 年成立的中国图画书创作研究中心，是把图画书作为儿童文学的品类展开研究，也是将其作为儿童阅读资源，作为老师在中小学和学前教育课堂上应用的资源加以关注。所以我想，让我讲图画书教学，是不是讲在幼儿园和中小学如何应用图画书？还是讨论在大学如何推动图画书相关人才的培养，以及我们基于图画书艺术和创作的教学？主办方提示主要侧重大学的教学。所以我在这一方向上准备了今天分享的内容。其实我们中心和我本人都还有另外一个角度，是图画书的研究者，也是图画书的创作者。今天在座的有很多是在图画书创作出版领域深耕的同人，比如接力出版社的总编辑白冰，既在图画书引进及原创的出版上发力，也是中国原创图画书最早最有成就的作家之一。还有作家保冬妮，我跟她有好多年的交往，她对原创图画书的耕耘几十年如一日，涉及各种题材及各种表现方式，会场上我们还能看到北京航空航天大学的同学们最新完成的图画书作品。也许我会<mark>更多更集中地从文学的角度、文字的角度为大家分享</mark>。

一、图画书概念与创作方向

我们讨论到图画书，首先还是要明晰图画书的概念。《荷花镇的早市》被誉为"中国原创图画书最美诗意的开端"，是周翔[1]的作品。记得当时他曾特别告诉我们，这本图画书讲的虽不是一个很有戏剧化张力的故事，但它是叙事的。这本书通过早市这个核心线索展开，以图画为主表现，叙事通过场景实现。获得金苹果奖的《云朵一样的八哥》，是白冰[2]和郁蓉[3]合作的作品。它的获奖提示我们，即使图画书以表现中国人的文化、中国人的生活、中国人的精神为主题，也一定是以图为主，通过媒介、技法、风格进行视觉呈现及创意表达。图画书跟文学有关、跟人文思想有关、跟文化有关，但它首先要在图画意义上建构并成就，在这一点上图画书和儿童文学读物有本质的不同。到了图画书的领域，可能创作者包括文学经验丰富的文字作者也应该更多聚焦于图画书的概念和创作方向上。

《荷花镇的早市》文・绘／周翔
二十一世纪出版社

二、图画书故事的空间特点

假如画家要进行图文一体创作，就需要同时肩负作家的责任。画家在选取合作作家的文本和故事的时候，会留意到这个故事的特点，是人文的故事、是文学的故事、是儿童的故事、是趣味的故事或说是有情趣的故事，但是一定要注意，它必须是图画书的故事。其文字的状态、故事的性状，要有一定的可视性，或者说有一定的空间的表意。注意这个故事的结构是怎样的，节奏是怎样的，高潮在哪里。我自己开始创作图画书时，曾跟日本做原创图画书的资深编辑交流过，他们从技术层面给过我建议。我印象最深刻的是，他们认为一本成功的或者比较吸引读者、完成性很好的图画书，最好在三分之一处出现小高潮，三分之二处出现大高潮，在封底或者最后的结尾有一个彩蛋或者是反高潮。无论是 24 页、32 页还是 48 页的图画书，在结构、节奏、故事布局上都可以依照这样的通例。这个大家可能不一定赞同，毕竟每本图画书的创作主要还是基于核心构思和独特创意展开的，只是这个规则对于初学图画书写作，至少当时对我来说是特别适用的。我在创作 32 页的作品时，采用的办法就是把 P1、P2、P3 先标注出来。我作为故事写作者，不可能像画家一样先创作出分镜设计，我写作时像在模板里填空一样，从 P2~P3 一直写到 P31~P32。我会特别留意在三分之一的地方，也就是 P7~P8 的时候，这个故事到了什么样的节点。到 P24~P25 的时候，我应该把什么情节放在这，又或者什么时候是对页，什么时候是单页。

周翔老师跟我说过，他认为中国原创图画书主要的瓶颈，在于我们最好的作家基本不会画画，最好的画家又不那么会写故事，大家都不能用自己擅长之外的另一个系统来创作。要真正打破这一瓶颈，我们的画家需要有人文内涵的、情感丰富的、文学的讲故事能力。作家通常不会画画，实现起来更难一些，不妨从画家的图文一体创作用力。我们只能期待着画家们学会讲故事，而作家尽量掌握或明确图画书故事的空间特点和结构特征。

《天啊！错啦！》文／徐萍 绘／姬绍华 二十一世纪出版社

《大脚姑娘》文 绘／弯弯 颜新元 贵州人民出版社

《别让太阳掉下来》文 郭振媛 绘／朱成梁 中国和平出版社

三、图画书的文字性状

在讨论图画书的文字性状之前，我想回溯一个话题。这个话题在 20 年前就被反复提到——图画书是儿童文学吗？图画书中一个字都没有的无字书是儿童文学吗？跟文学有什么关系吗？其实图画书，特别是叙事类的图画书是有文学性的，哪怕是无字书也有标题，它也用无字的方式讲了故事。图画书的故事里也有形象、有情感、有情绪，在某种意义上它都是有文学性的。文字跟文学不能直接画等号，图画书的文字性状肯定和儿童文学跟幼儿文学的文字状态也不完全一致。图画书的文字应该更为简洁和精练，为什么呢？因为图画书的空间有限。假如说在底色上写字，其实对儿童的视觉是有干扰的。我有时跟图画创作者交流时会听到他们各自的感受，原来图画和文字是要竞争空间占有的，你画了我就没地儿写了，或者说你的底色影响我文字的呈现，图画和文字的多与少又决定着作品的内容表达。所以，图画书的文字必须是简明扼要的。当然这也不是绝对的，我们看到有的经典图画书文字比较多，但大多数情况下图画书的文字都只能是必要的和必需的。我们要接受图画书文字的状态只是只言片语，有些图画书采用漫画的语言气泡，有时候图画书的文字不过是拟声词，有的图画书把所有文字单抽出来也不是一个完整的文学故事。还有一点，文字的放置需要考虑位置和特殊形态。比如《天啊！错啦！》《大脚姑娘》和《别让太阳掉下来》等，文字的状态是经过设计的，图文是融为一体的，这对大家的创作可能具有参考价值。

"呜呜，好痛啊……"

四、图画书的图文互动

关于图画书的图文互动，在这里推荐我在接力出版社出版的一套书——《小熊兄妹快乐成长》系列。接力出版社在原创图画书方面的贡献、成就、水准是有目共睹的。有次我跟白总提到，我想创作出版一套婴幼儿绘本，这个计划白总交给了婴幼分社的团队。他们很快选定了一位名叫阿咚的年轻画家。阿咚在湖北，编辑们利用他来京出差的机会，安排我们短暂地见了一面。阿咚不善言谈，我们也就吃了一顿饭，加起来不到两个小时的时间，我简单说了我的想法，我们之间的对话没超过20句。他当时处于刚刚结婚的状态，等画完这套书他的孩子出生了。他把对孩子的等待与爱，全部投注到这套婴幼儿图画书的创作中。我想说的是，我们对图文关系如何处理没有任何直接的互动，我们之间甚至没有充分的交流，但他读懂并精准把握了我的作品。我写的是婴幼儿图画书，文字肯定比较少，我也在有意避让，留出画家充分表达的空间，尽量让他想怎么画就怎么画，在这个空间阿咚有出色的发挥。比如这张，文字是："嗯，外面看起来很暖和。"这句话的画面感并不强，画家怎么处理的呢，他画了小熊壮壮往外探头，他头上恰好有冰柱，冰柱滴下来的水砸在了小熊的鼻子上，这就巧妙地展现了暖和的意思。画面中小熊有往外探的外在动作，文字表现了小熊的内心活动和语言。画家在文字的基础上，既做到了图文契合，又让故事得到了扩容与增效。还有一个画面，由于熊哥哥没照顾好妹妹，使得妹妹从树上掉下来，妹妹就在妈妈的怀里撒娇。大家仔细看，哥哥的这个表情非常生动，他觉得自己闯了祸，想过去又不敢过去，心里有点委屈又没法说，身为哥哥，没有照顾好妹妹的不安，兼有对妹妹的关心和歉疚，心情的复杂都在这个表情中。这套图画书作品已经输出十来个国家和地区的版权，受到读者欢迎，画家功不可没，我只是用简短的文字写了系列故事，还是画家的贡献更大。

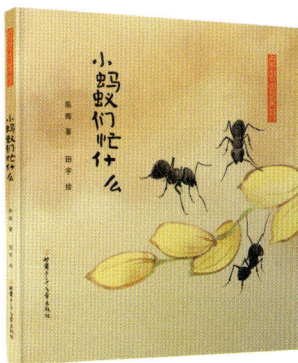

五、图画书画家与作家的合作

在这里我想简单谈一下，假如作品不是画家写的故事，作家又不会画画，那画家和作家的合作就尤为重要。我跟田宇合作的"点虫虫"系列，受到业界的关注，其实这套图画书从创作到出版经历过不少波折，最初的合作画家完成的作品出版社不太满意，只能放弃，幸运的是我找到了田宇。我的创作初衷，是用昆虫题材创作一套带些认知、有些互动情趣的幼儿图画书，文字上有些押韵，营造出童谣的诵读趣味。田宇准确地把握了构思的特点，他的生发和创建让我和出版社喜出望外。他基于中国画兼工带写的传统，从视觉意义更从设计效果上进行了第二次创作，在平面上打开了立体的空间，提升了作品的表现力。出版社的编辑团队也因为完成作品的制作得到了锻炼与提高。我们把作品交给甘肃少年儿童出版社，是希望中国图画书不仅依托接力出版社这样的头部出版社，而能够在更多的出版机构开花结果，原创图画书会因此有更好的发展前景。

六、图画书的图文一体创作

最后我想说，在我的实践和研究中，要做到图画书图文一体的创作，画家、作家的综合素养很重要。综合素养，不仅包括人文自然科学、文学艺术，还包括儿童教育及儿童心理。儿童图画书的创作，要有先进的儿童观、教育观及阅读观的指引，要体现儿童本位的理念与儿童精神的坚守。我们为谁而做？为年幼的孩子。纸张、油墨、开本，包括边边角角等细节都要考虑到。

在结束之前，我还想强调一下，图画书的图画创作，更多还是依靠画家绘画及视觉表现的功力。对于年轻画家来说，会经历长期的创作积累，包括艰苦的研习和基本功的训练。我们年轻一代的画者在图画书面前需要做到敬畏、尊重、珍惜，也不应忘却我们的初心与热爱。

让我们共同期待中国原创图画书有更多更好的作品。

39

将"绘本"作为大观念
定位于坐标中央

Positioning the Picture Book as a Major Concept
in the Center of the Coordinates

龙念南　龙　淼
Long Niannan　Long Miao

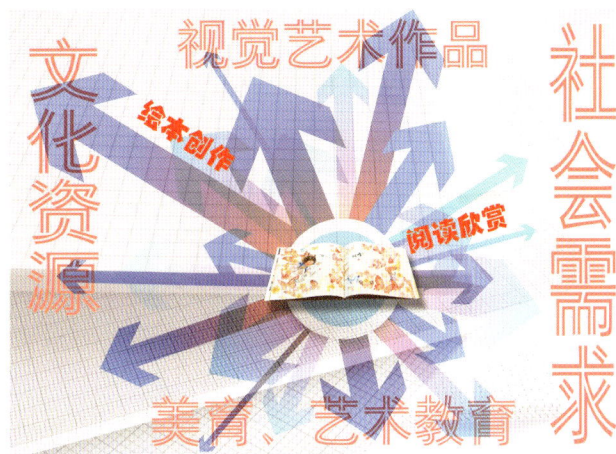

"绘本"源自日本的"えほん","图画书"源自欧美的"picture book"。根据在各自缘起地域承载的功能，它们之间存在相互包容的状态——绘本可以理解为是图画书中特定内容的代名词，而图画书可以理解为广义化的"绘本"。

我们谈论绘本，既不应该照搬一衣带水的邻邦给的定义，也不能照搬欧美对图画书的定义。我们应该立足中国自己的现实，将其代表的普遍性与我们自己的特殊性相结合，用我们自己的定义来诠释。

我们认为，基于中国、基于当下的"绘本"，是一个包容了我们优秀传统的故事画、连环画、儿童图画书以及日韩、欧美的故事漫画、动漫、图画书、绘本等多元表现形式的横向呈现体系；一个包括儿童绘本创作学习与正式绘本创作出版发行及周边内容开发的纵向呈现体系。此时的"绘本"作为词汇不变，但应该将其理解为一个"大观念"（major concept）的具体呈现。

在大观念的框架下，绘本可以包含广义与狭义两个概念。广义的绘本概念与图画书原含义契合，并可以由此进一步横向拓展。而绘本的狭义概念就是其字面意思，即以绘画与故事为本，也就是必须以图画（含图文并茂）讲故事，并由此可以进一步纵向发展。

一、基于绘本创作、美育与艺术教育的纵向拓展

从绘本的狭义内涵看，其纵向发展就是指绘本本身绘画与故事的创作。从研究与实践角度，又可以明确分为深化专业创作的向上发展和努力借助绘本特点从美育及艺术教育角度的向下发展。

1. 向上的发展，也就是提升。提升创作技能技巧那是必然，相关的论述多多，不必赘述。我们特别想说的是应该借形象思维助力向上的发展。

绘本，到底是以绘（画面）为本，还是以本（故事）为绘？我们认为，因为绘本的呈现

41

《大蝴蝶 小姐姐》内页 文／绘／龙淼

浙江少年儿童出版社

《红泥》内页 文／郑渊洁

绘／龙淼 二十一世纪出版社

左图
夸张的人物比例和颜色，更加突出人类与鳄鱼对峙的紧张气氛。

右图
浓浓中国味的画面中融入了不同动作、表情的人物，让读者在阅读时可以细细品味画中小趣味。

必须符合视觉思维的规律，所以，不管从何处切入，都必须整理好视觉与思维之间的相互关系。"绘"为先时一定要想到，这不是在创作一目了然的视觉作品，而是要创作通过画面之间的关系，让阅读者顺应产生相应思维的作品，所以必须好好琢磨如何视觉呈现出"本"。反之，如果"本"为先，千万不要将"绘"理解为插图。绘本之本要讲的是视觉故事而非文学故事，所以必须认真考虑故事的视觉呈现可能。总之，都绕不开形象思维。

形象思维（imagery thinking）的关键是"形象"，也就是观看主体的思维，是以观看客体形象为思维起点的。所以要更好地完善思维过程，首先要选择合适的、可以通过其形象信息传递自己主观感受的客观形象。站在绘本创作角度，必须努力创作出可引发形象思维的形象。而且，仅仅关注单独形象远远不够。必须努力依靠一系列的形象讲好视觉故事，像串糖葫芦一样，将整个观看过程串起来。我们认为这正是提升绘本创作水平的根本所在。

站在讲好视觉故事角度，很多时候需要观看主体观看的并不是很"科学"的形象，而是符合和引发视觉思维的、非具象的视觉形象，如单一或复杂的颜色、简单或复杂的抽象形象，抑或画面内容的特殊布局（中国传统绘画称为章法）等。从艺术创作角度，恰恰是留给观看主体思考空间的作品更接近艺术本质。这正是绘本创作从艺术角度提升自己的最佳切入点，因为绘本的关键就是能否通过图画对观看主体产生影响，产生感知、认识、理解和重构，甚至创新。

仅仅靠名词的一般罗列不可能讲好文学故事。其实视觉讲故事同理，仅仅靠写实的具象形象串联肯定可以讲故事，但是绝对不可能讲好各种故事和所有故事。要讲好故事，必然在

很多位置用到视觉的动词、形容词和虚词，也就是意象，甚或抽象的形象。这在中国文学和艺术中则以一个"写意"统而称之了。中国诗词歌赋与绘画雕塑的优秀传统是每一位绘本创作者应该，也是必须真挚学习、深入挖掘的巨型宝矿。这一切，恰恰都是从横向助力绘本创作向上发展的最佳资源。

总之，基于视觉思维创作绘本，有助于诞生绘本大链条相对完善的作品。在进行绘本创作时，对于视觉思维下诞生的图式形式，必须以利于讲述视觉故事为前提。**绘本作为一个整体，其每一个部分和细节，都应该以视觉思维进行统合。**

2. 向下发展，也就是夯实。对绘本原本功能所涉及的读者群体，不应仅仅停留在做好传统阅读方面。而应站在大教育角度，充分利用绘本的综合优势，从美育及艺术教育方面进行发展。

优秀绘本可以为读者提供非语言的表达与沟通的机会。而这一点正是艺术疗愈极其重要的手段。也就是说，好绘本就像愉悦心灵的健康产品，能带来怡情审美的作用。透过视觉欣赏过程，可以产生与自己生活经验相关联的现象和情感。这特别有助于维持个人内在和外在经验的和谐，最终成就个人的内在经验，特别是审美能力。而这正是人格素养最最重要的基础。

换一个角度，作为创作者，应该在努力传递自己艺术感受的同时，充分考虑读者群的接受特点，运用多样的视觉传达手段和多元的艺术表现手法，将适合读者的更多信息融入其中，提升绘本的可读性和耐读性。这是不是绘本向下发展的一个绝佳视角？

43

在湖边遇到小黑点，我有点害羞：
"你们好呀，我是小大天鹅。"

　　放眼世界，但凡优秀的绘本，几乎与人类优秀的视觉文化都脱不了干系。但是，其中的绝大多数艺术作品，对儿童甚或普罗大众来说，都很难一目了然并深入其中。读懂它们常常需要更多的相关专业文化知识。需要，但时间、精力不允许！怎么办？普及性教育是唯一解决之道，娱乐性活动是最佳执行方法。这两点，正因为前面说的"脱不了干系"，顺理成章地可以成为艺术欣赏进阶的最佳工具。其实，优秀绘本的优秀还不仅仅是一般的"脱不了干系"。好绘本自身所承载的文化与艺术基因，因为创作者高超的艺术表现力，足以使其成为特别值得欣赏的优秀艺术作品。这不都是绘本向下发展自己能量的最强爆发点吗？

　　即使仅仅站在儿童教育角度，运用绘本综合性的创作法则，结合儿童生理、心理发展特点开展绘本创作活动，也极其有助于孩子们的全面发展。这是包括我们在内的许多少儿美术教育工作者多年实践得出的结果。在此就不赘述了。

二、基于视觉艺术与多元文化助发展的横向拓展

　　从绘本的广义内涵说，其横向拓展就是指充分利用视觉艺术多样性助力创作的右向（个性化）拓展，和充分运用多元文化特色助力绘本全方位发展的左向（大众化）拓展。

很快我们成了好朋友，小黑点对这里可熟悉啦，带着我到处去找好吃的。

《回家》内页　文／龙淼　绘／朱成梁　天津人民美术出版社

左图
画面中天鹅与天鹅之间、天鹅与其他候鸟之间的交流互动，画出了很多文字之外的内容，用"绘"更好地表现"本"，让读者的脑海中演绎更多的故事。

1. 充分利用视觉艺术多样性，助力绘本作者创作的个性化拓展。人类艺术，特别是视觉艺术发展的历史，并不是一部你死我活的历史，而是一部站在大视野下，相互补充、相互完善、共同前进的精神文化发展史。

从根本而言，视觉艺术所传达的不外乎就是眼睛看见的或心里想到的。在不同的阶段，也许某一方面会占上风，但是其发展一直是伴随着各自优势呈现的技能技巧与表现方式源源不断的。**具象、抽象、意象，反正必须有"象"。** 绘本创作难道不是同理吗？不同的"象"完全可以找到最合适对应的"本"，从而产生最佳之"绘"。更何况，人们视觉产生的"故事"，很多是文字故事所无法表述的，许多包含故事的美术作品，特别是动漫作品和电影蒙太奇都是典范。反过来，很多时候，几个，甚至一个简单的字，就可能助力"绘"去更好地表现"本"。这一点，传统的连环画、图画书和招贴画，以及诗歌、散文都有最佳经典。

讲一步说，艺术发展的脉络公认为是从最原生态的音乐（声音艺术）、绘画（平面视觉艺术）、雕塑（立体视觉艺术）、诗歌（语言艺术）和舞蹈（形态艺术）发展起来，进一步有了综合前者后诞生的建筑艺术（一般只称为建筑）和戏剧艺术，因工业化文明融入而诞生的影像艺术，以及现如今融入了数字技术的、尚无明确命名的第九艺术。就这个过程而言，艺

45

画面内文字：
年兽兄弟在人群里等不及学生，跑来跑去，东瞧瞧，西看看，好吃的在哪儿呢？

"唉，那是什么？"
"真香呀！"

突然……

《年兽吹牛》内页 文/绘 龙淼 贵州人民出版社

术最终还是要回归于综合，而且会从完全物质间的综合，演变为大量物质实体与虚拟空间结合的"元宇宙"式综合。如果将绘本置入这个艺术融合的大时代，充分利用和享受艺术多元带来的红利，绘本的个性化拓展绝对不成问题。

2. 充分运用多元文化特点，助力绘本产品全方位出击，助力绘本从营销角度的大众化拓展。

说到运用多元文化的横向拓展，首选的就是"周边"。也就是说，作为绘本创作，绝不能仅仅考虑作品本身的"绘"与"本"。还应该考虑同时诞生的"周边"。可以这样说，一本好绘本的诞生应该是一个"航空母舰战斗群"的诞生，绘本本身自然是航空母舰了，而周边的水面"带刀侍卫"就是软周边，也就是看得见摸得着的实用衍生品。而大家看不见的那些"带刀侍卫"，如核潜艇之类，则是硬周边。

软周边真的要软，也就是真的得好用。针对绘本设计的软周边，不能仅仅考虑绘本自身，还应该与实际应用高度契合。从实用角度出发，在充分考虑审美效果的前提下，以满足物质应用为结果。

硬周边真的得硬，也就是必须抓眼球。针对绘本设计的硬周边，不能仅仅考虑产品形式，还要以精彩文化丰富内涵。从文化植入出发，在充分考虑独特设计的前提下，以精神满足为结果。

其实无论软还是硬，任何设计的根本是必须考虑到"人"，绘本创作要考虑阅读的适合

人群，绘本横向的拓展同样要考虑适合的人群，而且是大于该绘本阅读人群的更广的"人"。在设计的时候，必须尽可能站在基于绘本阅读与周边可能拓展人群的物质与精神需求的角度，从物理功能、生理功能、心理功能和社会功能等方面切入设计，最终达到实用性与审美性的完美统一。

介于上述观点，我们认为，将"绘本"作为大观念定位于坐标中央，可以充分成就与发挥绘本更大的能量。

绘本作为综合艺术体，其呈现内容和表现形式既可以成就本身的存在，又可以向上发展夯实自己的艺术地位，亦可以因其丰富的文化内涵，向下发展助力阅读者培养发现美、感受美、欣赏美的眼睛和心灵，使其成为寓教于乐、助力读者不断成长的好工具。

绘本因其对多样的艺术表现形式和多元的文化内容的包容，使其一方面可以借助人类全部的优秀艺术文化拓展个性化的作品创作；另一方面，可以依托自己丰富的内容拓展更多样的，满足更多人群各自不同需求的精神与物质产品。

与时俱进——
在教学中探索图文叙事的新高度

Advancing with the Times : Exploring New Heights of Image-text Narratives in Education

庄维嘉　韩江雪
Zhuang Weijia　Han Jiangxue

○ 2008 年《不一样的卡梅拉》两位法国作者 克里斯提昂·约里波瓦和克里斯提昂·艾利施，在北京航空航天大学与师生、出版界及其他高校师生进行图画书创作分享

○ 世界知名图画书作者 安东尼·布朗、安德烈·德昂 于北京航空航天大学进行创作分享

2022 年，刚好是我在北京航空航天大学新媒体艺术与设计学院（后简称北航）任教二十周年。回顾二十年来个人在插画与图画书创作方向的教学，可以划分为三个阶段。第一个阶段是 2002 年到 2008 年，是图画书和插画教学的奠基阶段。因为北航插画专业是 2002 年成立的，到 2008 年是一个奠基阶段；第二个阶段是 2008 年到 2019 年，为产学研合作全面发展的阶段；从 2019 年，以疫情的发生为一个节点，最近这三年进入探索多元化"图文叙事"教学模式的第三个阶段。

2008，发展契机

三个阶段的教学概括起来有一个共性，就是"与时俱进——在北航图画书创作教学中，探索图文叙事的新高度"。首先来看为什么 2008 年是一个分水岭？因为在 2008 年以前，北航新媒体艺术与设计学院的插画和图画书教学体系，是由龙全[1]院长开创。2002 年，国内高校有插画专业的艺术院校屈指可数，以龙全院长为核心，教学团队提倡围绕文学插画和诗歌插画来展开插画与图画书创作教学。2008 年，龙全院长从湖南引进了颜新元[2]教授，颜新元教授把老邻居蔡皋[3]请到学院来，由此打开了图画书教学"新世界"的大门。蔡皋在北航举办了个人画展，同期举办了三场系列讲座。依托蔡皋在图画书界的声望与人气，各路出版界的朋友、图画书推广人与教学团队，因这个机缘聚到北航。当时本人担任插画艺术系的系主任，在蔡皋老师讲座之后，依托业内资源策划举办了首届"五色土"中国原创图画书论坛[4]，一共十场系列讲座，包括阿甲、杨忠、王林老师等业内资深人士以及国内外一流插画创作团队就是这时结识的。从这个时候开始，本院插画专业逐渐与出版界、国内外创作人、理论研究者建立了联系。

49

《最后的皇宫》文/傅威海 绘/喻翩一、莫羚 现代出版社 左上

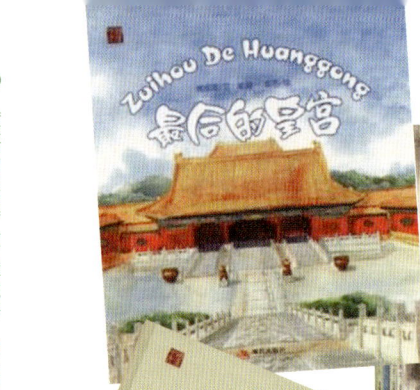

《军神孙子》文/毕宝魁 绘/王叙 现代出版社

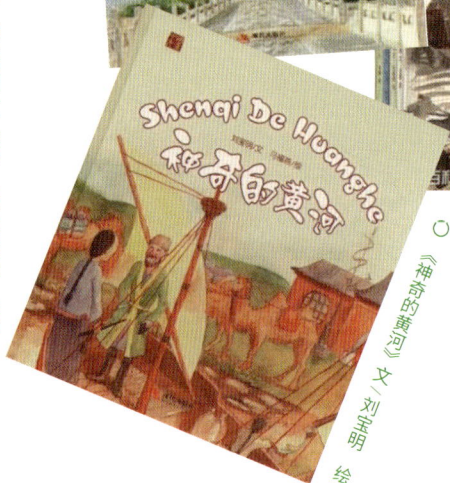

《神奇的黄河》文/刘宝明 绘/马福燕 现代出版社

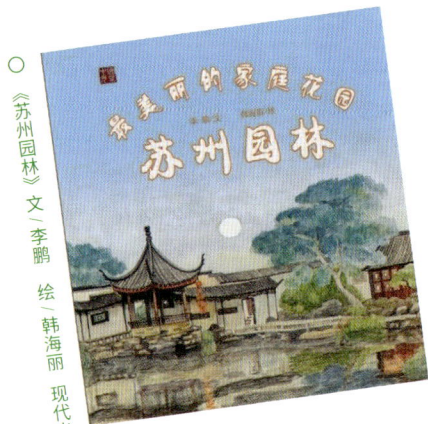

《苏州园林》文/李鹏 绘/韩海丽 现代出版社

在 2008 年原创图画书论坛活动结束后，一些出版社主动找到学院对接学生作品的策划出版，其中现代出版社在当时有一个宏大的计划，要把中国所有标志性的选题依次改编为原创图画书，包含苏州园林、故宫、孙子、黄河、长城、敦煌等中国有关的名片符号。直到今天，仍然有很多出版社在做这个类似选题，现代出版社属于国内比较早的先行者。2008—2010年一共出了 8 本，后来我前往美国交流访学，这个项目也因此中断了。另外一个合作伙伴是北航邻近的北京科技出版社，他们随后与北航插画专业合作出版了科普拉拉书系列。

北航插画专业的对外交流与合作在 2008 年原创图画书论坛之后，立竿见影地取得了一些效果：让国内一流的教学单位、出版社与图画书业界了解北航插画专业并建立合作关系。之后持续与业界专业人士交流，拓宽国际化多元交流的局面，邀请许多国际知名的图画书作者，比如英国图画书作者安东尼·布朗（Anthony Browne）[5]、日本作者新宫晋（Susumu Shingu）先后来到北航，与美国插画家大卫·威斯纳（David Wiesner）[6] 开展讲座进行近距离交流。

同时，北航插画专业也持续开展国内图画书和插画、漫画方向的学术交流讲座四十余场。包括萝卜探长[7]，在北航分享四场"百年童书小史"，北京电影学院漫画系主任黄颖老师开展《漫画的迭代与创生》系列讲座，介绍世界与欧洲漫画简史。以上这些与学界、业界的产学研交流互动，为学院的插画与图画书教学培养了非常好的生态与氛围，同时也取得了初步的出版成果。

哈 哈，这不就是刚才世界咬我们的和平永川龙吗？

咦，这不是大白学阳龙吗？

对，它是全世界现在发现的最古老、最完整的剑龙。说明剑龙的老祖可能在中国。

2019，机遇与挑战并存

2019 年发生的疫情给世界"按下了减速与暂停键"，从多方面、深远地影响了人们的生活形态。2019 年，也成为我个人在插画与图画书教学阶段的一个分水岭，从过去广泛地和出版社合作，转而更注重项目的品质与前瞻性。

举一个案例，2019 年某出版社带着一个脚本主动找到我，这个脚本打动人的地方在于，依托于中国本土的博物馆，写了一个儿童探险穿越的故事。这个博物馆就是自贡恐龙博物馆，这个世界知名的恐龙遗址博物馆是全球古生物研究者的"史前圣地"，但是在国内知名度反而不是很高。脚本的文字作者不是专业的儿童文学作者，所以这个脚本一拿过来，我就发现了故事节奏存在问题：作者把高潮放了整个故事二分之一的地方，两个主角穿越到侏罗纪之后被恐龙追杀。在此之后，穿越到现代的恐龙博物馆，反而没有高潮了。虽然故事本身存在节奏方面的问题，但是最吸引我参与的点就在于，这是一个基于中国本土相当重要的博物馆原创题材。我非常愿意向世界宣传和推广这个主题。所以当时花了很大精力，亲自参与到这个项目来。

决定参与这个项目是在疫情之前，当时跟文字作者和出版社协商过，我这边一定要去博物馆现场调研一下。但是疫情发生之后，文字作者以及出版社不理解去现场的必要性，认为在网上查资料就好了。回想起 2008 年，蔡皋老师在北航三次分享图画书创作经验的时候，反复提到《桃花源的故事》这类取材于真实场景的故事，有必要开展实地调研。保冬妮老帅带着北航学生做江西婺源题材的图画书，也曾经不惜成本地带着学生前往当地感受和采风。我也深受影响，认为和现实相关的主题创作，本地考察十分必要。最后该项目从人物造型设计，到疫情防控期间亲自去自贡恐龙博物馆实地调研考察，绘制分镜草图，与正稿创作者韩江雪

○ 下图
《带你回到侏罗纪》长拉页分镜草图 绘／庄维嘉

○ 上图
《带你回到侏罗纪》文／乔鲁京 绘／韩江雪 天天出版社

51

○ 右图 《带你回到侏罗纪》手稿
○ 左图 笔者在自贡恐龙博物馆现场记录的博物馆大门

反复讨论，完成项目整整花了两年时间，比预计的创作周期多花了一年。插画团队所有高标准高质量的努力，文字作者和编辑都不理解，单纯认为现场考察耽误了工期。到后来书的开本，也因为出版社单方面考虑缩减成本，想要改成简装小开本。在这个时候双方的意见分歧非常之大，一方面让我禁不住生气，同时也明确了自己作为资深创作人，二十年前开始起步承担插画与图画书教学，确实在专业意识与质量要求上已经领先于出版界的大多数同行。国内出版界对于原创图画书的重视，在最近几年刚刚起步。所以最后我只能表示不要稿酬，把稿酬给到项目本身，希望出版单位把书做好。

最后这个故事的节奏问题是怎么解决的呢？通过在自贡恐龙博物馆实地调研，我发现这里有非常精彩而壮观的化石陈列，这些恐龙化石不是呆板地站着，而是被设计为激烈地厮杀与捕食，正好把这个陈列场景和故事后半部分对应起来。于是我通过设计一个长的拉页来增强故事后半段的节奏，通过视觉增强让故事后面可以营造出高潮。

实地调研还给故事的绘制增添了"彩蛋"：我发现博物馆的大门，就是一个恐龙的轮廓。中国西南建筑设计研究院因高士策主持设计的"自贡恐龙博物馆"建筑项目上榜"中国二十世纪建筑遗产"，同时获得"国家优秀设计奖金奖"等一系列重大国内外奖项。建筑作为这个博物馆的特色，是原来文字脚本里面完全没有涉及的要素。包括博物馆现场的恐龙考古发掘遗址现场，以上这些重要元素也都加入了图画书的后半段。可惜这些专业的设计和巧思，因为出版方与合作伙伴更多出于商业成本的考虑，无法理解其中的价值与意义。

上面这个例子充分说明，本人从事插画与图画书教学二十年来，对于学生的培养、创作

《老鼠老鼠在哪里》 封面及封底 文/绘/罗曦冉 甘肃少年儿童出版社

者的培养、作品的品质追求，从一起步就得到国内外一流创作者的关注与支持，具有很高的质量标准。所以目前就算某些业界与合作者暂时不理解，也希望 2008 年由蔡皋老师带到北航的、对于图画书的初心与坚守，这个精神可以在人才培养与创作中传承下去，在教学中保持国内一流的水准。

有价值的选题，哪怕时间紧、预算紧张，也要全力以赴配合项目。2019 年疫情之前，教育机构"汉字美立方"设计了一系列课程，目标是面向海外学习者宣传中国的甲骨文，希望找到插画家可以在四个月之内完成 8 本甲骨文相关的图画书教材。并且经费预算也相当的少，远低于市场价。但是因为这个项目对外宣传中国传统文化，非常有意义。所以我也鼓励学生在很短的时间内完成创作。原计划这个项目要参加 2020 年世界展出和展演，但是也因为疫情巡演拖延了。今年，《汉字美立方》系列图画书入选"十四五"国家重点图书、音像、电子出版物出版项目。所以，即便因为疫情影响，只要有高质量的合作伙伴和好的项目，就算预算不足、时间紧张，也会积极参与。

期待更多把作品的品质放在第一位的专业出版单位来合作。甘肃少年儿童出版社出版的立体书《老鼠老鼠在哪里》这个故事的出版周期也很长。最初是罗曦冉同学在北航大三时期的创作，在大四毕业展览之后作品被出版社签约，准备出版。之后罗曦冉前往美国念书，在海外求学的两年期间，出版方一直鼓励罗曦冉持续修改。因为疫情，罗曦冉休学回国一年，出版方甚至把罗曦冉请到出版社所在地住了两个月，持续打磨作品。最后调整出来的效果，非常令人满意。所以，国内目前做原创图画书的出版机构，水平良莠不齐，差距很大。面对把质量放在第一位的合作伙伴与出版单位，我作为老师来说非常感恩。

53

于是，它带着动物们一起寻找。

2022，开启"图文叙事"教学新模式

目前，本人主要教授研究生的图画书创作课程与本科的插画艺术课程。2022 年春季学期的研究生图画书创作课，尝试与高水平的编辑之间建立更为深度的校企合作。邀请郑先子（北京科技出版社编辑）联合授课，从文字脚本故事开始鼓励同学们自己创作，培养会写会画的原创作者。这本董昕昱创作的《小舞狮》，就是课堂成果之一，已经和浙江少年儿童出版社达成出版协议。

在插画教学方面，探索国内一流、"北航特色"的科学与艺术相融合的教学模式：具体举措包括与国内航天文创国家队——中航国际交流中心、中国航天民营企业领头羊"未来宇航"等多家单位，开展中国航天文创人才培养基地联合共建活动。开展实习、校企联合课程。依托航天文创专家智库开展系列讲座，拓宽课程广度与深度。教学成果近三年获得国内外竞赛奖项 150 余项（省部级以上）。包括第三届中国航天文创大赛一、二、三等奖（国家级），获奖作品在 2022 年中国国际航空航天博览会亮相颁奖。获得 2022 年"挑战杯"竞赛金奖、铜奖各一项（"青创团史"专项赛道），本人获得国家级、省部级以上优秀指导教师奖项十余项。

2022 年，插画艺术课程的科幻插画单元，创作主题为"太空探索"。为了帮助同学们更好地理解这个充满未来感的主题，特邀中国航天集团火箭设计师钱航博士给同学们开展系列航天专业背景知识分享，一次是关于当前的航天器设计：运载火箭——架设通往太空的天梯；另一次是关于未来的航天器设计：未来星际奇航飞行方式。两次"硬核科技"分享帮助同学们了解航天专业知识，打开了思路。课程同时请到中国科幻"星云奖"的获得者赵恩哲 [8] 老师，在网络课堂上将理论与实践相结合，细致讲解关于硬科幻插画的创作技巧、创作步骤，以及怎样才能让画面表现出更精彩的效果。这些来自业内顶级专家资源的支持，是目前个人教学所采用的教学方法之一。同学们创作的科幻插画作品，在 2021 年北京市科协主办的北京科幻创作创意大赛第十届"光年奖"，获得美术组十项大奖中的七项。北京市科协官方网站对于"光年奖"获奖师生的科幻插画理念与成果，进行了专题采访和报道。

同时插画教学也在扩展先进的工具与人才培养出口。考虑到传统出版业经营压力的加重，我也在探索怎么把插画作品应用拓展到数字经济、元宇宙创意设计与文创产品设计领域当中。2022 年是人工智能艺术工具迅猛发展之年，出现了大量人工智能软件生成的高质量作品。

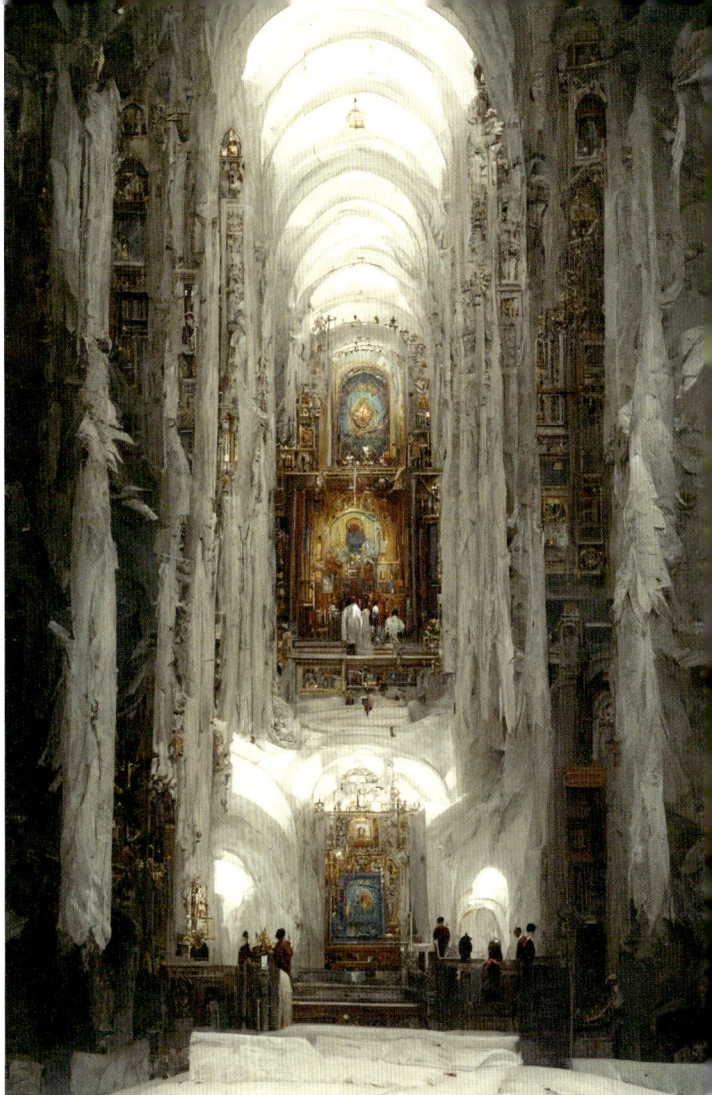

所以目前在插画教学方面，已经在一些环节要求同学们借助人工智能软件参与创作。不久的将来，人工智能软件帮助普通人和专业插画家进行创作，将成为新常态。上面这两张作品，就是由学生利用人工智能软件自动生成的作品。人工智能软件，作为巨大的创新生产力，已经应用在本人目前的插画与图文叙事教学当中，要求同学们善于利用人工智能艺术软件。

总结与展望

2019 年至今，全球开启了线上线下相结合的学习、生活与工作模式。人工智能技术与元宇宙代表新的数字生产力与社会发展愿景，如同工业革命曾经作为先进生产力代表，开启与推动了世界现代设计教育。人工智能与多元化数字技术参与到插画艺术与图文叙事、跨媒介传播的环节中来，同样是无法阻挡的历史潮流。希望未来各位业界一流的专家老师，能够加入校企人才培养的专家智库，多多支持北航新媒体艺术与设计学院绘画专业的教学，共同打造具有国际影响力的图文叙事作品与人才培养模式。

55

基于综合能力培养的美术教学模式探索与实践
——以一堂"图画书创作课程"为例

Explorations and Practices of Art Teaching Modes
Based on Comprehensive Abilities Cultivation:
A Case Study of a "Picture Book Creation" Lesson

叶　强
Ye Qiang

图画书是一门综合性极强的艺术形式，涵盖文学、美术、影视艺术等不同学科。这一属性决定了图画书创作课程必须具备多样的专业包容性与拓展性。课程除了讲授图画书创作的规律，知晓它的商业属性与艺术特征外，更以艺术人文表达为核心提高学生的综合素质。

　　课程分为两个阶段。第一阶段，图画书概述及语言形式讲析。介绍图画书的基础知识与相关术语，讲析图画书创作的诸多要素及艺术风格。第二阶段，图画书创作实践。要求全过程创作一本完整的图画书，积累创作经验，培养创新能力。这一阶段的初期为脚本创意，师生们共同参与讨论故事的内容设计；课程中期，重点讲解分镜的视觉设计与图文叙事的节奏关系，课程后期进入个体创作的指导，因人而异地落实画面表达、讲解表现语言的技巧与方法等。以下展示的这一堂课安排在课程中期。同学们已基本完成了视觉分镜与少量成稿，有了一些图文创作的感受与体验。

　　我们以教学提纲方式较为简洁地呈现一堂图画书创作课的教学全过程，以体现课程的教学方法与教学理念。

○ 学生查阅资料与课堂笔记

57

教学目的：

通过课堂教学，使学生理解图画书创作中图文关系的基础知识与技能，掌握其中一种较为特殊的创作方法——文字的图形化处理；同时设计不同的教学环节，培养学生的综合能力，包括文献整合能力、表达能力与团队合作能力以及自我学习能力。

教学方法：

研讨式结合多媒体教学。

教学设计：

思路

课前：

创作实践——感性体验

课中：

知识讲解——浅层认知

分组讨论——拓展认知

课程小结——加深认知

课后：

创作实践——积累掌握

〇 《大船》内页　文／黄小衡　绘／贵图子　中信出版社

实践流程：

一、课程内容导入（8分钟）

1.1　近期图画书展览获奖作品案例展示，提出问题，师生讨论。

提问：大家注意图文关系，与我们常见的图画书比较，有什么不同？

教师注意引导鼓励学生充分发言，调动学生兴趣，关注课堂。提出关注业界最新动态的要求。

1.2　回顾经典图画书作品，再次提出问题，图文关系有何不同？

讨论——引出思考

引导学生探究原因。（从多角度进行分析，如审美的变化、历史的发展、技术的革新等。让学生思考艺术与时代的关系，同时培养他们的表达与分析能力。）

○ 上图 《一粒种子的旅行》内页
文／安妮·默勒　图／王乾坤
南海出版社

○ 下图 《卡夫卡变虫记》内页
文／劳伦斯·大卫　绘／戴勒菲妮·杜朗
新星出版社

1.3　教师小结，同时引出这堂课的主要内容——文字的图像化处理

二、课程主要内容讲析（35分钟）

图画书的图文关系是图画书呈现的核心要素；涉及故事脚本的视觉图像与文字逻辑的多种形态与关系。

2.1 再次导出问题（5分钟）

提问："文字的特征是什么？图像的特征呢？在图画书里的具体特征又有哪些？"然后进行分组讨论，5~7位同学一组，讨论中可以利用互联网查阅资料，然后每一小组派代表在全班发言。老师全程参与讨论与讲评。

这种研讨式教学是本课程主要的教学方式。

传统的绘画创作多以个人独立工作为主，少有团队合作，更不要说跨学科的团队合作。随着社会分工日益细化，也筑起了专业的壁垒与发展障碍；今天的艺术创作，已不再是一项简单的个人劳动，尤其在应用领域更需要多学科、多领域、多部门的团队协作。合作需要表达、需要倾听、需要理解、需要尊重，更需要在实践中去锻炼。面对手机与电脑屏幕成长的这一代学生大部分是缺乏团队协作与社会交往能力的，因此课程一直强调在集体讨论与合作中推进创作实践，这是今天社会对专业发展的需要，也是今后个人专业能力得以施展的需要。

教师注意引导学生使用正确的文献查阅方法，分析讲解互联网信息的利与弊。鼓励学生通过多样途径与方式（如书籍、专业网站、田野考察等）进行查阅与研究，强调严谨的治学态度。

2.2 多媒体详细介绍图文及其相互关系 What（20 分钟）

课程重点: 配合大量优秀图画书举例分析三种不同的图文形态。（专题 PPT 及书籍展示讲解）

图文并置: 图文平行，同时出现，讲述相同的故事；

图文互补: 图文紧密结合、相互关照，形成互补关系；

图文互斥: 图文貌似无关，各说各话甚至对立。

教师在讲授中注意结合图画书的内容去分析形式特征，避免学生们在创作时为了追求形式而形式。通过大量的作品赏析让学生理解艺术创作中内容与形式的辩证关系。

进一步讲解学习图文关系中的一种特殊形式——文字图像化处理的创作方法（结合 PPT 教案展示讲解）

- 文字的排列组合形式图像化
a. 丰富构图形式
b. 调整画面节奏
c. 增加阅读趣味

- 文字个体的书写形式图像化
a. 增加阅读的节奏感
b. 强化画面形式美感
c. 音乐式的审美通感

- 文字内容的图像化
a. 表达的多义性，妙不可言
b. 阅读的趣味性，津津乐道

讲解同时穿插提问，师生互动。提问: 今天图画书读者的需求与变化在哪里？为什么？文字与图像在内容与构成上的关系是什么？现阶段同学自己创作的问题在哪里？

重点分析图画书在表现形式方面与其他艺术形式的关系, 如国画、动画、戏剧、民间艺术等, 拓展学生的视觉创作思维。

教师注意由个案分析总结出一般创作规律，举一反三；让学生掌握学术研究的一般思路与方法。

2.3 创作思维解析 Why+How（10分钟）

艺术创作具有普遍的相通性，引导学生拓宽专业视野，融会贯通，培养艺术通感。对于这种创作意识的培养与要求贯穿整个课程教学。

提问：图画书中多样图文关系的形成原因是什么？——师生共同讨论。

再次引导学生思考艺术与社会环境、艺术与科学技术、艺术与个人素养的关系。同时培养学生分析研究与归纳表达能力，培养艺术通感。

教师小结创作思路的来源与学习方法。（结合PPT教案展示讲解）

- 对于中国传统艺术的学习，尤其是绘画中的图文关系。
- 对于国内外优秀的图画书作品的学习。
- 对于大众传媒艺术的学习：如影视、广告、网络。

分析图画书与其他艺术形式的关系，从而深刻理解与把握艺术创作的相通性；讲解中注意分析中国优秀传统美术中的图文关系。

教师小结注意引用学生的课堂发言，鼓励思考，确认观点，培养自信。强调创作意识与视觉思维习惯，培养自我学习能力。

三、课程小结／答疑

再次强调形式与内容的关系，推荐相关书籍，延伸图画书内容话题。

教师鼓励学生提出课程外的问题，拓展课程内容。

图画书创作教学为学生打开了艺术世界的一扇窗户：观察、思考、实践，不断完善对艺术、世界与自我的认知，完成多样的艺术表达。图画书创作教学更是通往未来的一座桥梁：表达、分享、合作，培养协作与沟通能力、实现自身的社会价值。

本土·异乡：
图画书创作的动态观察与教学面向

Localization and Globalization: Dynamic Observations and Teaching Orientations of Picture Book Creations

王　硕
Wang Shuo

一、图画书的定义及本土出版现状

图画书（picture book）起源于欧美，是文图经过有意识的互动、编排与创造的艺术形式。比特丽克斯·波特（Beatrix Potter）创作于 1902 年的《彼得兔的故事》（*The Tale of Peter Rabbit*）可称作现代意义上最早的图画书[1]。区别于"连环画""绘本""小人书"等形式，图画书的重要特征在于图文之间构成的互相对应且补充的艺术关联。德国戏剧家莱辛曾在《拉奥孔：论绘画与诗的界限》（*Laocoon: An Essay on the Limits of Painting and Poetry* 1766）中，对视觉、语言的互补联系有所阐明，他称绘画是在空间中延伸的表达，诗歌是在时间中的想象扩展，二者在共同意趣及追求中模糊彼此界限。当今，视觉文化时代让图画书随之"破圈"，出于图像转向（pictorial turn）"以形象为中心，特别是以影像为中心的感性主义形态"需求之下，图画书能够直观地辅助读者扩展阅读体验，成为具有时代特征的一种文化症候。

我国具备深厚的图画书历史及根源，中国艺术传统中"诗画本一律"的创作品评标准深刻地揭示了图像与文字交相辉映的内在特征。从图画书形态来看，东晋时期卷轴画从左至右的阅读方式、顾恺之《女史箴图》连续性的动态变化展现出图文合一的创作样貌，往来频繁的中日佛教交流，也让卷轴画构成当今图画书，类缘"绘本""绘卷"在日本的形成。随着清末民国初年木版印刷技术的发展，文图结合的"连环画"讲述了古今中外的历史、传说故事，并作为通俗读物，为大众传递了精彩纷呈的阅读乐趣，塑造一定程度的文化认同。

自千禧年来，国家大力推广少年儿童的图画书普及性阅读，并在外来视野与本土经验的共同作用下，呈现出创作、出版与推广的叠加及互动场域。不同于艺术创作的独立性，图画书并非全然自主场，而是通过阅读分享、出版推广、创意交流、市场发行等若干流程，得以

○《彼得兔的故事》文/绘/比特丽克斯·波特 费德里克·沃恩公司

○《彼得兔的故事》内页

走进大众视野。作为不同主体之间的艺术活动，受众及群体的喜好、倾向直接反映出本土图画书的当代面向。根据国家新闻出版署统计2020年出版的基本数据，少儿读物类占图书进口总量的比重高达31.04%。此外，笔者曾调研当当网少儿图书频道近三年的销售市场，读者对原创书籍的购买支持表现一般，例如，2021年度畅销榜单中仅有5本/系列本土图画书上榜，2020年和2019年分别为2本/系列和4本/系列。从上述调研来看，海外经典推介成为刺激原创图画书成长的先决条件，"叫好不叫座"的总体现状也进一步提示从业者及时审视读者群需求。

观察诸多榜上有名的图画书，多以普及知识、传递信息的"非虚构"（non-fiction）类别为主。这反映了读者购买图画书的知识性需求，相较于百科全书、教材等书目，图画书能够通过想象的故事及场景引导读者探索信息，具备视觉优势；另一方面，也展现出读者对自身民族内涵、知识根基的天然亲近与喜爱。例如，海豚出版社于2015年出版的《这就是二十四节气》常年位居销售榜，该书以主人公牙牙来到乡下爷爷奶奶家体验传统生活习俗为视角，介绍春种夏长、秋收冬藏的大自然节气变化。这一套丛书取材自民俗文化、节日时令、饮食风物，将中国传统智慧和现代生活方式巧妙结合，并在相应的知识性说明中配合经典诗词，呈现出以心灵映射万象、代山川而立言的意象。

然而，在图像与叙事上，当下的知识类原创图画书尚需完善，缺乏些许声情并茂的情感联结，忽略了适当"留白"与"提问"的设计趣味。事实上，作为图像与文字共同参与叙事的艺术形式，图画书创作者的任务并不简单。不仅需要整合发挥二者之间的协同作用，更需要在以信息、文本为基准的设计中，注重以儿童为本位的故事讲述方法，脚本、场景、造型语言、文图关系度等多个方面，都将直接作用于连贯性阅读及思考线索当中。因此，图画书教学应当重视动态的出版面向，妥善反思创作的编排方式，探索符合自身审美表达的生成路径，以此更为恰当地将传统经验接轨于当代语境。

二、如何"讲好中国故事"？

从"图画书"的命名来看："picture book"是指图像与文本的结合；"picture-book"则注重图文之间不可分割的联系；"picturebook"更突出创作者编排图像与文本的审美意图。无论采用何种定义或描述，一本完整的图画书体现了文图并茂的艺术特征，其主题、内容、表现手法必然呈现出一定的地域与文化属性。在图画书场域内外交织的关联结构中，"讲好中国故事"要求创作者自觉承担起抒写民族形态、图文秩序等任务，创作者综合运用带有"本土"文化表征的符号、方法，探寻符合自身的审美、道德、价值的创作手段。

当下主要通过两种方式讲述"中国故事"。首先，从童年记忆出发，整合创作者自身经验，将中华民族的传统认知、习俗，以贴近儿童的口吻传递出来。例如，周翔老师作品《一园青菜成了精》，参照了蔬菜本身的外形与生长特征，赋予菜圃拟人化的个性，图像之间充满谐趣，帮助读者展开想象，也在语言上辅以传统戏曲的武打元素，将准备、进攻与退守转述为极具生长力的活泼场景。这件关于青菜的"中国故事"，视觉节奏吸引翻阅，也配合了朗朗上口、自然亲近的北方童谣，构成欢腾热闹的气氛。

"我是饺子。"　　"我是汤圆。"

○《饺子和汤圆》内页　文\卷儿　绘\任晶晶　新世纪出版社

○ 右图《神奇的壮锦》文\刘旭爽　绘\李清月　接力出版社

左图《太阳和阴凉儿》文\张之路　绘\乌猫　青岛出版社

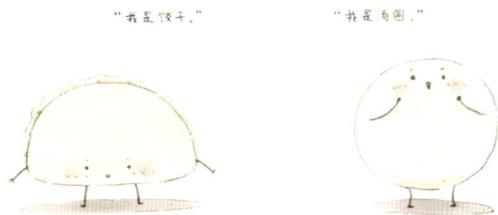

　　在近期涌现的青年艺术创作者中，卷儿（王婧）写作的《饺子和汤圆》《从前有个月饼村》等作品，立足中国人自身的味觉记忆，将代表南北地域特色的美食塑造为可爱而生动的形象。这一系列图画书整体采取儿童熟悉的语言、语调，借助视觉意象激活认知和直觉，还原美食其味觉、视觉的柔软感知，巧妙地阐发了人们共度佳节的团圆时刻，饮食文化所蕴含着的对家园幸福与美好的期待。这种以小见大、以生活经验为本位的创作思路，颠覆了创作者对传统文化机械、逐字逐句的输入性语汇，通过回归、改写与重构的记忆视角，为我国悠久的历史文化传统赋予紧贴生活的理解，构成当今图画书重建"中国故事"的价值所在。

　　其次，艺术语言的当代转换是建构图画书"本土"特征的另一种方法。诸多创作者选取水墨、剪纸、皮影等传统艺术表现方式，整合丰富的神话传说、民间故事、传统文化技艺，实现语言与视觉的拓展。例如，《太阳和阴凉儿》由著名儿童文学作家张之路、画家乌猫联袂创作，构图抛弃了较为明确的中心透视关系，借鉴转化了质朴的岩彩技法，以东方独特的律动美感诠释太阳和阴凉儿捉迷藏的故事。另外，艺术家九九（李清月）在《神奇的壮锦》中介绍广西壮族非物质文化遗产壮锦的艺术特色，织锦步骤以石窟壁画的形式穿梭呈现，人物造型则借鉴汉画像砖的古朴稚拙，以及水墨小品的用线设色。

　　综上可见，有效的、趣味的信息传递方式体现于上述创作当中。其一，当代图画书的"中国故事"注重传承与转换艺术语言的形象及连贯性，特别是在以水墨、剪纸等为艺术表现形式的作品中，视觉效果往往较为抽象，对尚处于形象思维的读者群来说，识别力及形象化至关重要。其二，根据目标群体的阅读需要，"中国故事"叙事方式多样化，通过考察不同年龄阶段儿童的认知特征，使形式语言与文字内容相辅相成，保证图画书各个元素之间的有序协同。

　　时代与资讯同步，外来的、异乡的丰富语汇已然构成文化之间融合、调适与变动的状态，形成地球村内、外场域的交织现状。面对多类别、跨地域的阅读群体，创作者将本土考量置于当下全球语境的交叠与碰撞当中，"中国故事"一改往日凸显民族符号的差异性建构，在维护本真的同时，尝试平衡"本土"与"异乡"的关系及联动，重审文化多样性，从知识生产角度传递出一定的自律诉求，避免视觉与文本构成的"异乡"。

三、图画书创作课程的教学路径与面向

基于国家新文科战略及北京航空航天大学"精品文科"的发展需求，北航的图画书创作课程以"图画书"为窗口，积极回应时代与社会面向。课程优化教学内容与方式，注重"中国故事"的脚本写作及绘制，通过全流程的创作实践，培养跨学科创新与团队协作能力，打开优质出版资源，形成自身特色及优势。

首先，课程实行"教赛结合、以研促教"的教学路径，以获奖与出版为平台，培育并推动创作者原创意识的生长。教师有计划地甄选带有本民族特色的优秀作品示范讲学，尤为重视基于个体经验的本土化表达方式，引导学生建构主体性的积极视角。在主题方向上，教学要求以个人生活为参照点，从童年回忆、生活思考出发，将可感知的标记、图像绘制出来，以创作重启回忆的一片乐土，通过感性的视角守护与自身经历相关联的过往，该方法不仅是追本溯源的精神写照，也在记忆与现实的平衡中构成对"中国故事"最为切身、实在的观照。例如，《南斯拉玛》作品其人物原型来自创作者个体，她在绘制中融入蒙古族的民间美术元素，通过图文互补、图文并置相结合的叙事手段，用诗意且真挚的方式讲述关于祖母的亲情片段。

教学同样鼓励学生积极融入中华民族优秀的传统文化及审美内涵，不仅深耕传统艺术造型和形式语言，也强调对中国故事内涵的改写与重构，是基于文化自信、树立创作者意识的另一种探索。例如，孙霖绘制的作品《海草房》以我国胶东半岛威海地区的非遗海洋生态民居海草房为背景，讲述了渔夫阿良关于"爱与坚守"的美丽民间故事，作品将胶东半岛剪纸艺术与中国画颜料绘制相结合，民间艺术与现代审美相交融，是一本具有中国风的本土原创图画书。

其次，北航的图画书创作课程依托"双一流"大学的强工科背景，坚持"艺术与科技"融合发展的理念，及时调整与优化教学内容，积极回应时代与社会需求。回顾近几年出版与市场现状，科普类、信息类出版尤其是少儿科普呈现出快速发展的势头，一本优秀的科普图画书并非信息的简单堆砌，而是在创作、出版、推广等多领域，将知识与想象的故事、场景

紧密结合，创作者不仅根据主题梳理信息，更需要建立具有一定知识体系的艺术表达方法。因此课程帮助学生进行张弛有度的探索，通过设定主题、查阅文献、提炼知识点等研究及讨论的前期工作，在知识的"限制"中形成独具特色的"自由"表达。

诸多创作者从视、听、味等多重感官出发，对主题、信息进行轻科普。一些图文虽显青涩，但多采用极具形象化的观察视角，呈现出对知识体系独具一格的表达方式。例如，徐梦露在《很长很长的蛇》中诠释了人际交往之间互助合作、解决问题的积极态度，因蛇过长的身躯，无法完全舒展，正当蛇愁容满面时小熊想到了办法，它用小推车把蛇的身体盘在车上推出来，帮助蛇完成了探索外面世界的心愿。

综上，本土化与全球化的碰撞始终贯穿于艺术、文化的发展规律中。图画书作为图文并茂的视觉载体，其艺术形态具有特定的历史根源、本土旨趣、时代特征，在图像传达、知识生产与传播推介的关联中形成体系。虽然世界主义（cosmopolitanism）与全球化不可避免地导致文化趋同性，但也从多样性上为不同民族之间彼此理解提供了广阔视角。图画书以其直观的、形象化的阅读体验具备打破东方、西方时空限制的可能，展现出中国传统文明自身极具创造性与想象力的根基。然而，作为研究者，我们也应当辩证地看待图画书作为视觉文化的一环，所蕴含的价值观与认知结构。当今，欧美、日韩图画书在叙事流畅度、艺术形象与表现力、图文视觉秩序等多方面均收获了相当程度的读者受众群，但是，故事展开是基于写作者自身视角的，画面体现出的社会习俗、生活环境、语言及视觉象征等均具备一定的文化和地域偏差。因此，我们的图画书教学也重在甄选与讲解中注意引导学生理解认知偏差，避免图像、文化、价值观的多重"拼贴"。

总体而言，图画书创作与教学在敞开的共时性中，以其独特的视觉结构和文图关系不断调和"地方"与"全球"、"本土"与"异乡"间多元共生、主体再塑的知识生产与话语体系。教育实践者不仅注意保护年轻创作者真诚、真实的艺术追求，也在批判性的观察与发现、反思与重建中，审视该场域生发出的主体认同，避免资源的"标签化"认知；在应用与面向方面，积极搭建出版与教学的合作平台，将具有当代特质的思考引入青年创作者艺术生长因子中，是为担当所在。

○ 右图 《很长很长的蛇》内页 文／绘／徐梦露 花山文艺出版社
○ 左图 《海草房》内页 文／绘／孙霖 天津杨柳青画社

67

3

图画书推广与出版

**Promotions and
Publications
of Picture Books**

原创图画书的推广与出版
Promotions and Publications of Original Picture Books

阿　甲　A Jia

请允许我先分享一则在合肥当地小学的推广案例。那是在大概 2009 年，合肥包河区有六所小学联合发起了一个"好书大家读"活动，由"陈一心慈善基金会"赞助，学校老师、学生、家长三方共同选书，主要是他们当时知道的"经典"，然后放到每个学校的走廊流动书架上，鼓励学生们随时随地读书。创意很好，但奇怪的是，第一轮推动的效果很不好，从点燃学生的阅读热情角度来看，只能用"聊胜于无"来形容。大家很想知道，问题出在哪里？当我被邀请作为这个项目的阅读顾问时，我的建议是：为什么不试试图画书呢？

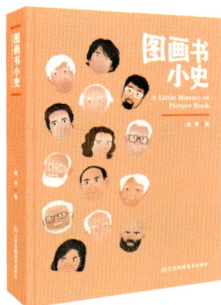

尽管当时大家普遍还认为，图画书主要是学前幼儿读本，但合肥的老师们抱着试试看的态度在学校走廊书架上投放了相当少量的图画书（大约只有第一轮投入的十分之一），获得了热烈的反响，许多学生、老师都很快成了图画书发烧友，他们不得不想出各种办法来共享这批有限的读本。图画书改变了学校对阅读的态度，进而改变了学校的阅读生态。在后来几年的推广活动中，图画书与文字书（包括非虚构作品）成为并重的关注点，这个项目发展到今天，就是合肥地区有 47 所学校参与的"石头汤悦读校园联盟"。你如果有机会访问这些学校，特别是他们的学校图书馆和分布在校园每个角落的馆藏点，你可能会惊奇地发现，图画书无处不在。可以想象一下，这么多学校的学生、老师，他们背后都具备图画书阅读的土壤。

这其实是我想说的第一个话题：图画书的土壤与出版。我在《图画书小史》一书中特别追踪了美国图画书兴起的历程。实际上，早在 20 世纪初，美国童书界还是跟在英国老大哥之后的小弟弟，美国公共图书馆书架上几乎没有本土图画书，美国童书也是摆在角落的位置。美国图画书的崛起颇仰赖具有美国特色的"阅读推广人"，实际上就是那些虔诚的儿童图书馆员，以安妮·卡罗尔·穆尔（Anne Carroll Moore）、爱丽丝·乔丹（Alice Jordan）、丽莲·H·史密斯（Lillian·H·Smith）（她是在美国发展的加拿大人）等人为代表。当所有的公共图书馆都需要大量的童书时，专门出版童书的编辑部就应运而生了，然后有了每年一度的儿童图书周，接着是纽伯瑞奖、凯迪克奖……简单而言，非常适合图画书土壤的渐渐形成，渐

71

渐成熟的图画书出版是水到渠成的事情，当然也少不了如梅·马西（Mae Massey）、厄苏拉·诺德斯特姆（Ursula Nordstrom）、夏洛特·佐罗托（Charlotte Zolotow）、苏珊·赫希曼（Susan Hirschman）这些天才童书编辑兼出版人。

那么，中国的原创图画书经历了怎样的历程呢？在《图画书小史》中我做了比较概括的梳理，大体经历了始于民国时期新文化运动后的尝试，然后是在中华人民共和国成立后十余年间的一度繁荣，在被政治运动中断之后，伴随改革开放所进行的各种交流、探索和尝试，但这些尝试终因土壤尚不成熟而更多地成为美好的回忆。最近延续至今的原创图画书发展大致始于 2002 年，这也是中国的人均 GDP（国内生产总值）突破 1000 美元大关之后。在经过数年的酝酿之后，在 2008 年前后，国内童书出版界迎来了图画书选题的大爆炸。在过去差不多二十年间，中国集中引进了世界图画书百余年来的经典作品，重量级创作者的代表作品，在这个过程中，读者一下子大开眼界，国内原创图画书的出版也日益兴盛。而且随着国门大开，许多年轻的创作者去世界各地深造，有的直接登上了国际图画书创作与出版的舞台。许多国外知名的创作者，还有一些旅居国外的华裔创作者，越来越多的人与国内出版社合作，因此出版了许多这类基于国际合作的原创作品。

但是，不得不承认，中国原创图画书总体上还很年轻，主要是编辑的专业生命还相当年轻。在图画书出版方面，我常常说"创作者为父、编辑为母"，编辑队伍对于图画书出版的作用至关重要，怎么强调都不为过。从这个角度看，我们应该能理解，中国原创的未来可期，但目前还是与世界顶级水准有相当差距的。这在现实中的反映就是，许多忠诚的图画书读者会觉得原创作品"不太好玩"，而且因为比较少有研究者、推广者推介与分析，总体上原创作品在读者群中的知名度不太高。比如我前面提到的合肥石头汤项目的老师们，至少在 2021 年的交流中，我发现她们对近年来的原创优秀作品知之甚少。

我曾经在 2021 年石家庄地区的阅读推广活动中，尝试在三个小时的演讲中，完全使用原创图画书为实例讲解并开展交流活动。那一次的热烈反应给我很大的鼓励。关于原创图画书的推广，我们早在 2006 年就开始了，当时甚至组建了"五色土"项目组，不过最初主要是从中华符号、中华元素、中华特色的角度，更多诉诸民族情感，有一定效果，但很有限且维续时间不长，因为读者更需要"好玩"的图画书。我的教训或经验还是，一定要将原创图画书放在整个世界舞台上来评判和推荐，在这一百多年间，有渐渐形成的约定俗成的文图叙事语法，有作品构成内在的哲学，有基于对儿童发展需求最底层理解的悉心关怀，还有基于人类普世价值观与儿童的有趣分享，当然还有创作者对世界、对人性的深层次思考……这些才是创作与出版的根本所在。

所以，如果要问我原创图画书推广的基本方法是什么，我的看法是，要一本本地读，一本本地解读、分析，一本本地品评、批评，包括对一个个创作者本身的了解和研究。这也是我最近这七八年来着手做的事情。

73

中国图画书现状浅析

Analysis of the Current Situation of Chinese Picture Books

白　冰　Bai Bing

一、中国原创图画书发展的五个标志

中国原创图画书目前处于有史以来最好的发展时期，有五个标志：

1. 在整个图画书出版品种和码洋中（码洋是出版专业术语，指每本书封底标明的图书定价），原创图画书的占比逐年提升，在童书畅销书排行榜中，原创图画书的占比越来越高，销量也越来越大。据开卷数据：2019 年原创图画书品种占全部图画书品种 36%，占全部图画书码洋 41.8%；2020 年原创图画书品种占全部图画书品种 36.7%，占全部图画书码洋 39.6%；2021 年原创图画书品种占全部图画书品种 38.2%，占全部图画书码洋 43.5%。接力出版社在 10 年前开始启动的"娃娃龙原创图画书"系列已出版 68 种图书，累计印量达 200.09 万册，码洋达 8761.45 万元。如《不要和青蛙跳绳》发货 17.5 万册、《我用 32 个屁打败了睡魔怪》发货 16.9 万册、《章鱼先生卖雨伞》发货 10.8 万册、《我用 32 个睡魔怪打败了我妈妈》发货 8.9 万册、《外婆变成了老娃娃》发货 8.3 万册、《水哎》发货 7.2 万册、《萤火虫女孩》发货 6.5 万册、《乌龟一家去看海》发货 6 万册、《驯鹿人的孩子》发货 6 万册、《云朵一样的八哥》发货 5.8 万册、《鄂温克的驼鹿》发货 5.7 万册、《募捐时间》发货 5 万册。中国少年儿童新闻出版总社出版的我和画家沈媛媛创作的图画书《吃黑夜的大象》，不到四年的时间，发行了近 20 万册。我和画家江显英创作的《换妈妈》，发行了 13 万多册。上述数据都说明了原创图画书在读者中影响力的提升和读者喜爱原创图画书的程度。

2. 原创图画书已经成为中国童书版权输出中的主要品种。2019 年 1 月 1 日至 2022 年 8 月 17 日，接力出版社共输出 586 种图书，其中原创图画书共 241 种，图画书输出占比约 41.12%，其中"娃娃龙原创图画书系列"出版了 68 种，输出了 37 种，输出占比 54.4%。输出国外的原创图画书不但走出了国门，还走进了市场，走进了读者，销量越来越高，《章鱼先生卖雨伞》韩语版累计销量 1 万余册，《鄂温克的驼鹿》英文版累计销量 6000 余册，法语版累计销量近 6000 册。优秀原创图画书在海外市场的竞争力越来越强，版权授权竞价激烈，学乐出版社（Scholastic）亚洲公司、美国哈珀·柯林斯公司（Harper Collins, Inc.）和美

《雨露麻》内页 文／曹文轩 绘／苏西·李 接力出版社

国西蒙与舒斯特公司（Simon & Schuster, Inc.）同时参与了接力出版社出版的曹文轩和苏西·李（Suzy Lee）创作的《雨露麻》英文版竞价，最终西蒙与舒斯特公司以 3.5 万美元的预付金拿到了这本书的英文版权。

3. 原创图画书画家和作品获得的国内、国际奖项越来越多。黑眯的《辫子》、郁蓉的《云朵一样的八哥》荣获布拉迪斯拉发国际插画双年展（BIB）金苹果奖，九儿的《不要和青蛙跳绳》入选国际儿童读物联盟（IBBY）荣誉榜单，《鄂温克的驼鹿》荣获美国伊索荣誉奖，《雨伞树》荣获俄罗斯图画书奖最佳插画奖，娃娃龙原创图画书系列中的部分作品荣获中华优秀出版物奖图书奖、丰子恺儿童图画书奖、意大利博洛尼亚国际童书展最佳童书奖等国内外大奖。

4. 从中国少年儿童出版总社开始，中国作家和外国画家合作创作中国原创图画书，提升了原创图画书的质量和水平，也扩大了中国原创图画书在世界上的影响力。曹文轩和巴西画家罗杰·米罗（Roger Miro）创作的《羽毛》、曹文轩和韩国画家苏西·李创作的《雨露麻》、白冰和伊朗画家帕杰曼·拉米扎德（Pajaman Ramizad）创作的《一个人的小镇》等，创造了中国作家和外国画家合作的原创图画书创作模式。

5. 关于图画书的创作和阅读的研究理论性著作也越来越多，比如彭懿的《世界图画书·阅读与经典》、陈晖的《中国图画书创作的理论与实践》、阿甲的《图画书小史》、王林的《绘本赏析与创意教学》等，也标志着图画书的理论研究进入新的繁荣发展时期。

二、中国原创图画书目前存在的五个问题

1. 中国原创图画书目前存在品类单一的问题。这几年我们看起来出版了很多原创图画书，但从年龄段看，我们的婴儿（0~3 岁）原创图画书很少，幼儿（4~6 岁）、儿童（7~12 岁）、少年（13~17 岁）的原创图画书多，而以青年人为核心读者群的图画书也少。

值得注意的是，图像小说在欧美市场影响很大，有着很好的读者基础，我们也引进了不少，但是我们的原创图像小说几乎还没有起步。

○《云朵一样的八哥》内页 文／谷力文 绘／郁蓉 接力出版社

图像小说是利用漫画形式表达的虚构作品，可以直接理解为"视觉文学"——一种使用图像语言创作的文学作品。美国漫画家杰夫·史密斯（Jeff Smith）对图像小说的解释是："图像小说是漫画的分支，具有完整的开端、发展和结局创作。"图像小说始于 20 世纪 50 年代，发展很快，越来越多的作家、出版社将经典小说、诗歌、戏剧、游戏改编为图像小说，既丰富了出版内容，也吸引很多传统出版社出版图像小说。作品的年龄段也越来越丰富。从成人到青少年再到幼儿段，作品的年龄层不断降低。从视觉角度入手讲故事的方式深受各个年龄层读者的喜爱。2003 年，译林出版社推出世界连环画经典丛书，马克斯·阿伦·科林斯（Max Allan Collins）的《毁灭之路》成为第一本在中国大陆出版的图像小说。2006 年，生活·读书·新知三联书店出版了《我在伊朗长大》，深受读者欢迎，却仍以漫画类图书出版。到了 2009 年，陕西师范大学出版社首次将名作《鼠族》引入国内，并在封面上第一次冠以"漫画小说"，同时建议类别为漫画、文学。此后，各家出版品牌持续推进作品译介、原创工作。2015 年，人民美术出版社引进《朦胧城市》系列丛书，包含《巨塔》《倾斜的女孩》《消失的边境线》，第一次明确"图像小说"概念。后浪出版公司共计出版约 200 种图像小说，涵盖科普、剧情、历史、传记、幻想、文学等多种类型，打造了像《灯塔》《蓝色小药丸》《散步去》《非平面》《追寻逝去的时光》《狗狗神探》等多种畅销图像小说。

图像小说和漫画血缘关系更近，与图画书是不是也有血缘关系，它们的相同之处和不同之处在哪里？有待我们探究和讨论，希望引起我们的关注。

从原创图画书品类在国内读者中的影响来看，有影响、有销量的实际上只有故事类图画书或者说文学类图画书，艺术类、玩具类、科普类图画书等方面我们还非常薄弱，比如玩具类图画书大部分还只是单纯的高仿，很少有我们自己打造的品牌之作。类似《想象力》《奇幻岛》这样的艺术类图画书，国内几乎没有。像保冬妮的《我的飞鸟朋友》这样的科普图画书，也不是很多。像杜莱（Hervé Tullet）的创意类图画书，我们更是少之又少。在这里说我顺便讲一下杜莱——全世界的孩子都真心实意地喜爱杜莱，他的 70 余部创意图画书已经被翻译成 27 种语言，单单中文版销量就超过 60 万册。博洛尼亚童书奖、国际安徒生奖、法国女巫奖

湖泊上聚集了成千上万只鸟，这里真是鸟儿的乐园。

忽然，小鹤看到一只孤零零的鹤。

"妈妈，这只鹤好孤单啊！它怎么自己在这里呢？"

"它是沙丘鹤，来自加拿大，是一只找不到伙伴的迷路的鸟，但愿春天它能返回自己的家乡。"丹顶鹤妈妈安慰小鹤。

《我的飞鸟朋友》内页　文／保冬妮　绘／黄捷等　接力出版社

等，奠定了杜莱童书大师的地位。但最重要的是，杜莱创作的是创意图画书，他总是用孩子的眼光来打量事物，作品契合孩子的心理特质，以轻轻松松的游戏形式走进了全世界孩子们的内心。杜莱常说："世界上的孩子们都一样，不一样的只是大人。我想表达的意愿是自由、游戏和交流。"我们在原创图画书的创意、创作、出版方面应该清醒地认识现状，努力做图画书的全品类研发、全品类出版，努力做图画书的全方位推进。在这方面，我们还有很多东西要学习，还有很长的路要走，当然，从另外一个角度来看，对于中国原创图画书的创作和出版来讲，我们也还有很多机遇，还有很多可以拓展的新的空间，还有很多蓝海。

2. 原创图画书的儿童本位和系列化问题。图画书的创作，是应该以儿童为本位的，选取儿童喜欢、兴奋的内容和主题，创作可爱的、鲜明的、令人印象深刻的形象。好的图画书应该包容孩子的行为，符合孩子的语言习惯，贴近孩子的生活，尊重孩子的心智特征，有童心，有浓郁的童趣。我们有很多原创的图画书充满童趣，深受孩子喜爱，但也有一些作品，缺乏童趣、成人化、概念化，只是简单地说教，或者只是在给孩子讲一个世人皆知的大道理，毫无新意。不解决儿童本位问题、游戏性、童趣问题，我们的图画书就很难有质的提升。

国外几乎所有畅销的图画书系列都是从一本标志性作品作为开端，先出一本对儿童具有强烈的、独特的吸引力，能从竞争中脱颖而出的第一本图画书，然后把它做成一个系列，形成 IP。有角色引导型作品如比特丽克斯·波特（Beatrix Potter）的"彼得兔"系列、泰勒（Talus Taylor）的"巴巴爸爸"系列、米勒（Zdeněk Miler）的"鼹鼠的故事"系列、岩村和朗的"十四只老鼠"系列、奥莉薇与迈克尔·邦德（Michael Bond）的"小熊帕丁顿"系列。以及教育引导型作品，如德鲁·戴沃特（Talus Taylor）的"小蜡笔系列"、艾力克·希尔（Eric Hill）的小玻系列、简·克拉克（Jane Clarke）的霓虹系列、一本关于变色龙的图画书，还有形式引导型作品等。有了成功的第一本，然后就开始打造形象，打造品牌，拓展系列。我们的原创图画书也有这样成功的案例，比如蒲蒲兰出版的李星明的《水獭先生的新邻居》《水獭先生的婚礼》及其玩偶系列、韩煦的"章鱼先生"系列、彭懿的"32个"系列与"快逃星期八"系列、麦克小奎的"跑跑镇"系列等，但成功的案例还不多，我们还要努力。当然了，系列图画书从单本开始，单本图画书是创作和出版中的重中之重，我们不单单要出系列图画书，更要做好单本图画书的创作和出版，单本图画书中也有大量的经典之作和传世之作。

3. 某些出版社和文化机构急功近利，没有耐心去打磨原创作品，而是多以畅销书为目标，大量地跟风"创作"和"出版"高仿品、山寨书。这些山寨书既让中国家长和小读者对中国原创图画书产生了种种误解，阻碍了真正的原创图画书的创作和发展，也损坏了中国出版业在国际上的形象，造成了极其恶劣的影响。

4. 在宣传推广过程当中，我们对于外国经典图画书评价很高，对原创作家、画家和原创图画书的鼓励不够。当然，因为是经典，具有独特的经典价值，但是我们也要看到，欧美的图画书已经有了 100 多年的历史，如果从狭义的图画书概念来讲，中国的原创图画书也就 20 多年的历史，所以从这一点上，我们不要妄自菲薄，我们很多作家、画家、编辑、出版人都在以出书育人为己任，在为原创图画书的发展努力，所以，原创图画书在坚持正确导向，坚持思想精深、艺术精湛、制作精良的前提下，我们要承认艺术审美和大众审美的不同，考虑读者的接受能力，做好我们在创作和出版中应该做的工作，但也不要因为一封读者来信或者完全不懂图画书的个别人的一个误解，就对原创图画书进行否定，或从一本书去否定一位作家。我们要提倡"百花齐放，百家争鸣"，我们要珍惜作家、画家，保护作家、画家，鼓励作家。画家对原创图画书进行守正创新的积极性，我们要坚定原创图画书的自信，给予中国原创图画书客观的评价，要看到中国原创图画书这些年实实在在的提升和发展。

5. 目前我国有影响力的原创图画书奖项多由民间机构或出版社发起，比如丰子恺儿童图画书奖是由香港陈一心家族基金会发起，信谊图画书奖由台湾地区的信谊基金会创办，图画书时代奖由北京师范大学中国图画书创作研究中心与安徽少年儿童出版社共同设立，国家的重要奖项当中，比如"五个一工程奖"、中国出版政府奖等对图画书版块的扶持力度还不够，在国家级大奖中，建议适当增加图画书的占比，建议设立国家原创图画书研发基金和出版资金，或者在国家出版基金中适当增加扶植重点原创图画书的比重。

○《巴巴爸爸大家族》 文／绘／德鲁斯·泰勒 安娜特·缇森

接力出版社

三、体现中国精神、中国价值、中国力量的五个要素

1. 原创图画书当中要有体现中国文化特色的形象、意象。比如《兔儿爷丢了耳朵》中的兔儿爷、《安的种子》中的小和尚，《鄂温克的驼鹿》当中的使鹿鄂温克族老猎人，《章鱼先生卖雨伞》中的章鱼先生，《云朵一样的八哥》中的八哥，《雨伞树》中的小熊猫和红雨伞、《小猪波波飞》中的波波飞、《饺子和汤圆》中的饺子和汤圆、《小粽子，小粽子》中的粽子、《从前有个月饼村》中的月饼等，这些富有中国特色、中国精神的中国原创图画书形象和意象，因为独特和新奇，很容易引发国外读者的阅读兴趣。

2. 原创图画书当中要有中华民族特有的文化元素，比如朱成良的《团圆》、于大武的《北京中轴线》，接力出版社出版的娃娃龙原创图画书系列当中，也充满了中国特有的文化元素。"娃娃龙"是龙的宝宝、龙的子孙，是富有民族精神的图画书，我们在这套原创图画书书系中，强调时代精神和儿童趣味，强调基于童心和人性的创作，这些作品力求融入中国的文化元素和中国人的审美追求，传递中国人的价值理念，让孩子做有根的中国人。

3. 图画书是文学语言艺术和视觉语言艺术的完美结合的作品，因此，在图画书的视觉语言中应该适当增加中华民族特有的视觉语言要素，比如郁蓉《云朵一样的八哥》中的中国剪纸技法;《鄂温克的驼鹿》中用碳铅和水彩结合的技法惟妙惟肖地表现使鹿鄂温克族人的生活，让作品充满震撼心灵的力量；李红专《雨伞树》用黑、白、红三种颜色构成独特的视觉语言系统，用色彩、色调的变化来刻画图画书中人物的心理情感变化。保冬妮的"水墨宝宝视觉启蒙绘本""水墨汉字绘本"，充分运用了中国绘画的传统技法，展现了中国水墨画的独特魅力。

当然了，图画书中只有中华民族的文化符号，这远远不够，关键是在文化元素和艺术元素交融之中，运用中国文化特色的形象、意象和中国特有的文化元素、视觉语言要素体现中国精神、中国价值、中国力量。

4. 在讲述中国故事当中，要特别注意运用世界共通的叙事语言这个要素，讲述各个国家各个民族都听得懂的故事。比如《鄂温克的驼鹿》，虽然是中国鄂温克人独特的狩猎故事，但是它讲的是人和自然的关系、人和动物的互相依存，外国人看得懂，中国人看了也喜欢；曹文轩和苏西·李的《雨露麻》讲述的是一个小女孩用一种特殊的画布来绘画的故事，但是作品的内核是写生命的力量和执着的信念，容易唤起不同民族、不同国家读者的共鸣；《云朵一样的八哥》虽然用"很中国"的剪纸艺术，但它的"爱与自由"的主题是用了世界共通的叙事语言来进行表达的。

5. 要让中国图画书作家、画家面对世界讲好中国故事，我们一定要向世界讲好中国图画书作家、画家的故事，这也是原创图画书出版与推广、版权贸易中的重要要素。图画书的发展，需要创作、理论、出版三驾马车并驾齐驱，而作家、画家是原创图画书发展的核心动力。要让中国图画书产生世界影响，要让中国图画书作家、画家面对世界讲好中国故事，我们必须为作家、画家提供一切可以和国外图画书作家、画家交流的机会，参加世界性的有影响的儿童书展、论坛的机会，提供一切可以参评的世界性的各种奖项的机会，在国内外为他们提供在世界图画书舞台亮相的机会。在国内外媒体宣传鼓励我们的图画书作家、画家，而不是去贬低他们，在国内外出版业界打造作家、画家的品牌，而不是只盯着一点点版权交易成本的蝇头小利。作家、画家走出去，他们的作品才能更好地走出去，他们的作品真正地走出去、走进去，产生了广泛的影响，我们才能以图画书体现中国精神、中国价值、中国力量。

81

从出版端看近两年本土原创图画书的发展概况

An Overview of the Development of Local Original Picture Books from the Publishing Perspective in the Past Two Years

雷　茜　Lei Qian

著名童书阅读推广人、童书翻译家阿甲在他的著作《图画书小史》中提到："中国大陆原创图画书的起步是比较晚的，这一轮大概是从 2002 年才开始。大概比英美起步晚了一百年，比日本晚了 50 年，比中国台湾地区也晚了 30 年。"在影响着中国的图画书起步和发展的诸多复杂因素中，出版端和读者端是不可忽视的一环。出版品类的丰富程度直接影响着原创图画书的创作和发展，而出版社是否愿意在图画书品类上下功夫，又和读者是否愿意购买紧密相连。中国的图画书起步之所以晚了，一个重要原因是经济。进入新世纪以后，中国人均 GDP（国内生产总值）迅速增长，读者买得起图画书了。随着 80 后、90 后一代渐渐为人父母，对于图画书的接受程度越来越高，"阅读从零岁开始"的理念也越来越深入人心；再加上一批图画书阅读推广人的共同努力，图画书这个细分品类终于迎来高速发展期。近十年来，我国的图画书无论从品种数还是从销量上看，每年都保持着快速增长。但随着一场疫情的降临，图画书的增长势头在近两年又受到了一些影响。

一、近两年我国图画书增速放缓

2021 年，我国童书市场虽然继续保持正向增长，但增速明显放缓，同比上年仅增长 1.03%，与疫情前持续了近 10 年的两位数增长差距显著。尽管如此，童书仍然是整个图书零售市场中码洋比重最大的品类。而从童书的细分类别来看，儿童图画书位列 2021 年细分市场码洋比重第 3 名，占比 13.88%，仅次于少儿科普百科和儿童文学。

2020 年，受疫情影响，长时间的居家防疫使得家长和孩子在一起的时间增多，这对适合亲子阅读的儿童图画书是一个较大的利好。因此 2020 年，儿童图画书类同比 2019 年有 1.95%的增长。2021 年，在大部分企事业单位都复工复产的情况下，亲子共读时间减少，儿童图画书的整体销售码洋也相应地出现了 0.49 个百分点的下滑。

而少儿科普百科类近两年来上升速度最快，一举超过儿童图画书和儿童文学两个细分类别，跃居童书销量最大的类别。这一方面来自家长们对于孩子非虚构阅读的越来越重视；另一方面也得益于达人的直播带货促销拉动了市场需求。因为少儿科普百科大多是以大的套系产品形态出现，少则6~8册，多则十几册甚至几十册一套。这样一来，少儿科普图书的总定价就比多以单本形式出现的图画书要高很多，给达人预留的佣金也就相应高很多。这是达人们更愿意带货少儿科普图书的一个原因。比如非常畅销的一套原创少儿科普图书《大中华寻宝记》系列，已出版60余种，10年销量高达6000万册。少儿科普读物的兴起，也挤占了不少孩子阅读图画书的时间，抢占了不少家庭原本属于图画书的购买力。

二、引进版图画书依然占比更多

2021年，图画书的销售码洋为31.02亿元，销售册数约6484万册。其中引进图画书售出约3993万册，原创图画书售出约2491万册，分别占比61.58%和38.42%，码洋分别占比62.46%和37.54%。引进图画书的销售占比超过6成，且儿童图画书也是整个童书市场中外国作家占比最高的细分品类，同样超过6成，本土作品有待进一步发力。

再来看看引进版图画书中的畅销品都有哪些？图画书的系列化和套装化是一大趋势。系列图书容易打造更高的知名度和辨识度，形成品牌效应。比如"信谊精选"系列和"启发精选"系列的图画书大多是国际大奖获奖作品，读者更容易认可其内容质量。像经典的《猜猜我有多爱你》《我爸爸》《我妈妈》等作品都被放入其中。而基于一本畅销图画书单本衍生出来的套系产品也销得不错。比如，多年前出版的那本《要是你给老鼠吃饼干》，再版不断，一直受孩子们喜欢。目前已经由接力出版社引进出版了《要是你给老鼠吃饼干》全套作品，包括了原作者创作的和这个故事风格相近的系列读物一共9册。备受松居直推荐的日本畅销绘本《古利和古拉》，现在也由爱心树童书引进出版了《古利和古拉》全集，共8册。就连最经典的图画书单册《猜猜我有多爱你》也终于推出了续集《你愿意做我的朋友吗？》。不幸的是续集中文版刚一推出，其作者山姆·麦克布雷尼（Sam McBratney）就与世长辞，这本续集作品成了猜猜系列的绝唱。还有一些现象级畅销图画书，从创意之初，就是以系列化的方式来设计和创作的。比如畅销千万册的"不一样的卡梅拉"系列，适合低幼宝宝的"小鸡球球"系列、让无数孩子感动落泪的"宫西达也恐龙"系列等，由于自身已经积累了一定的口碑，有不错的读者基础，因此能一直维持较好的销售热度，其新作也往往能吸引更多读者的选购。

三、本土原创图画书创作题材相对单一

从我国本土原创图画书的出版和销售数据来看，2021年销量前30的图画书单品中，有1/3为原创图画书。这一比例相较于前些年，已经有了巨大的进步。其中，《勇敢做自己/儿童情绪管理与性格培养绘本》《爱上表达系列绘本》和《培养好习惯做最好的自己》3本单册为销量前3的原创图画书。《勇敢做自己/儿童情绪管理与性格培养绘本》甚至凭借111万的销售册数领先多年领跑的《猜猜我有多爱你》，占据了整个儿童图画书销售榜单的榜首位置。

深

○ 《古利和古拉》 文＼中川李枝子　绘＼山胁百合子　北京联合出版公司

　　通过对热销原创图画书的关键词进行分析，**我们发现"图画故事""中国""卡通""动漫""培养""情绪管理"等词在原创图画书中出现的概率非常高，这和家长读者在选购图画书时颇为看重图画书的功能性息息相关。**而"中国"一词在原创图画书名中的高频率出现，则与出版机构对中国传统文化题材图画书的挖掘密不可分。这类题材中，《团圆》《我们的新年》等打上了"中国原创"标签的图画书在销售上表现亮眼。与欧美引进图画书注重儿童想象力、趣味性不同，中国原创图画书的题材更多的是以表现儿童行为和情感教育为目的，说教意味更浓，图画书的功能性也更强。而中国的家长读者们愿意为此买单。所以，我们可以看到近两年销量前 20 名的原创图画书中，情绪管理、性格与习惯养成、科普及中国传统文化这几类题材占比加起来在 90% 以上。

　　纵观最近 3 年的原创图画书市场，出版品种数从 2019 年的 9759 种，上升到 2021 年的 13,290 种，增幅为 36.18%。而与之相反的是，原创图画书的整体销售码洋却出现了 27.98% 的下滑。目前，我国原创图画书的出版品种数仍呈持续上涨的趋势，但销售码洋则进入一个相对稳定甚至略有下降的水平，这表明虽然出版机构策划和出版原创图画书的积极性有增无减，但整体的质量仍然有待提高。

中国童书迎来"图画书时代"

Chinese Children's Books Enter the "Picture Book Era"

海 飞 Hai Fei

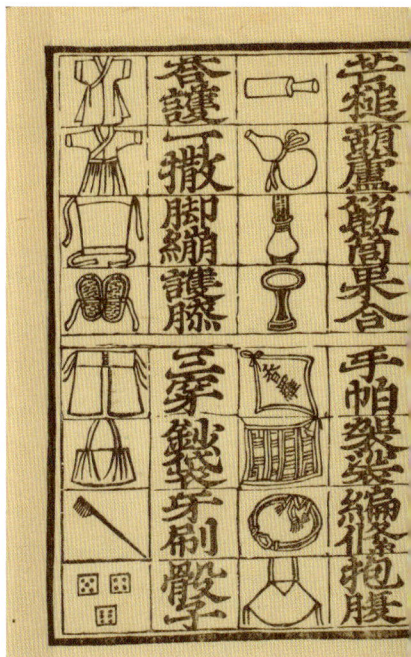

21 世纪中国童书出版第一个"黄金十年"，是以儿童文学创作出版的火爆为标志的。21 世纪童书出版第二个"黄金十年"，除了儿童文学图书依然火爆外，图画书出版的蓬勃发展，是新时代童书出版的一个重要标志。

从现代意义上讲，图画书是"舶来品"。图画书（picture book），源自欧洲，盛于欧美，传播全球。在日本，则称"绘本"。

关于图画书，世界各国的专家学者有种种不同的定义。但不论如何定义，在与 IBBY（国际儿童读物联盟）、BIB（布拉迪斯拉发国际插画双年展）、凯迪克奖等世界著名的相关机构、相关专家的沟通交往中，有着一些约定俗成的、共同的重要标识。一是图画书必须是画家手工绘制的、以图画为主的儿童图书。画家可以自己编写故事绘制图画书，可以直接绘制无字图画书，也可以根据其他作家创作的故事绘制图画书。图画书捍卫手工绘制的艺术纯洁性，拒绝相机、电脑等借助科技设备拍摄、制作的非手工绘制作品。二是图画书要求图文完美结合，一本书讲述一个完整的故事。图画书不是看图识字，不是插画图书，不是诗配画，不是讽刺漫画，不是卡通动漫。三是图画书的读者对象主要是儿童。虽然，国外有的图书会写上"本书适合 0 至 99 岁读者阅读"，但绝不能替代图画书的儿童第一属性。

作为文明古国，我国古代就有插图蒙学读物，如明朝初年（公元 1380 年左右），就有一本名为《魁本对相四言杂字》的儿童启蒙读本，具有宋元坊刻风格的古拙气息。明朝正德年间（公元 1506 年左右），又有一本名为《新编对相四言》的识字读本，全书 8 页，388 个汉字，308 张图片。到了明朝万历年间（公元 1573 年左右），首辅张居正专门为小皇帝编印了

87

《帝鉴图说》，全书上下两卷，收录了从尧舜至北宋多位帝王的故事，并配以插图。但这些不是图画书。虽然，我国曾经是个被称为"小人书"的连环画图书铺天盖地的国家，但连环画图书也不是图画书。1956 年 6 月 1 日，中国少年儿童出版社成立。1957 年 7 月，人民美术出版社出版的《小马过河》，封面上标识的是"学前儿童文艺丛书"。图画书，真正传入中国，是改革开放的成果。

一、图画书出版品种飞速增长

由于以图画为主、用纸讲究、装帧精美、成本居高，在很长一段时期内，图画书曾经是我国童书市场上可望不可即的"奢侈品"，并且也是我国和世界童书出版强国之间的重要差距。

随着改革开放的深入和经济社会的发展，我国国家实力和家庭购买力迅速提升，图画书引进和图画书原创成了童书出版繁荣发展的新亮点。从选题申报上看，全国几乎所有的出版社都在出版图画书。目前，我国年图画书引进约 2,000 种，原创约 2,000 至 3,000 种，共计 4,000多种到 5,000 多种。全国童书年出版 40,000 多种，图画书约占 1/10 左右。

二、图画书出版质量不断提升

图画书的文本创作和图画创作，既注重体现中国特色，又汲取国外先进理念，本土原创图画书风生水起，质量不断提升，已经引起国际国内同行的关注，一大批中国原创图画书在国际有关奖项上获奖。如余丽琼、朱成梁的《团圆》入选美国《纽约时报》年度最佳儿童图画书。蔡皋的《宝儿》，郁蓉的《云朵一样的八哥》，黑眯的《辫子》，郭振媛、朱成梁的《别让太阳掉下来》，获布拉迪斯拉发国际插画双年展金苹果奖。格日勒其木格·黑鹤、九儿的《鄂温克的驼鹿》，王祖民的《九十九头牛》，高洪波的《快乐小猪波波飞》，秦文君的《小青春》入选国际儿童读物联盟荣誉榜单。于虹呈的《盘中餐》，朱自强的《老糖夫妇去旅行》，曹文轩、苏西·李的《雨露麻》获博洛尼亚国际童书展插图奖。还有周翔的《一园青菜成了精》《荷花镇的早市》，王早早、黄丽的《安的种子》，曹文轩、罗杰·米罗的《羽毛》，金波、哈维尔·萨巴拉的《我要飞》，秦文君、郁蓉的《我是花木兰》，刘洵的《牙齿，牙齿，扔屋顶》《翼娃子》，叶露盈的《洛神赋》等，荣获国内图画书时代奖、信谊图画书奖、丰子恺儿童图画书奖、陈伯吹国际儿童文学奖图画书奖等奖项。

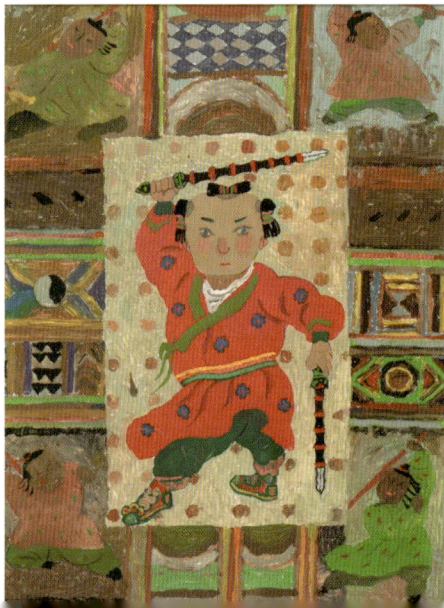

○右图 《辫子》 文〉绘〉黑眯 天天出版社

○左图 《宝儿》内页 编〉绘〉蔡皋 湖南少年儿童出版社

三、图画书有了不断壮大的创作队伍、翻译队伍

本土图画书的作家和画家开始崛起，有的作者自编自画，直接与国际图画书创作模式接轨。我国儿童文学的繁荣发展，为图画书文学创作集结了优秀的作家力量。我国原本就是个连环画大国，加上大学美术专业设置广泛，画家队伍力量丰厚。特别是一些年轻画家，自编自画，富于创新，出手不凡。并且，由于图画书以画为主，以儿童为阅读主体，是世界上最富共同语言、最易交流沟通的图书载体，而文字量相对较少，试水图画书翻译者踊跃。

中国的原创图画书，涌现出了一批成熟的优秀的创作者。在创作者方面，老、中、青三代并驾齐驱，在图画书创作的各个领域和方向不断探索、勤于创新，本土原创力量特别是画家的力量日益凸显。一批国内优秀的儿童文学作家、儿童插图画家以及国外一流的插图画家，如作家高洪波、金波、张之路、曹文轩、彭懿、方素珍、秦文君、梅子涵、朱自强、白冰、格日勒其木格·黑鹤、阿甲、萧袤、在日华人唐亚明等，画家朱成梁、周翔、熊亮、九儿、王祖民、于大武、黑眯、刘洵、田宇、叶露盈、张宁、徐萃、姬炤华、黄丽、西雨客、李健等及巴西的罗杰·米罗、俄罗斯的伊戈尔·欧尼可夫（Igor Oleynikov）、英籍华人郁蓉、西班牙的哈维尔·萨巴拉（Javier·Zabala）、阿根廷的耶尔·弗兰克尔（Yael Frankel）等，都在中国的图画书时代中，留下了他们的身影。这些成熟的优秀的创作者，是中国图画书繁荣发展的巨大财富。

四、图画书有了自己的奖项

图画书发展，需要榜样的力量，需要记录与见证，需要激励与推动。过去，我国的童书奖，主要是儿童文学图书奖和科普图书奖，图画书则没有专门的奖项。2009 年 8 月，中国香港设立了"丰子恺儿童图画书奖"。2009 年 8 月，中国台湾设立了"信谊图画书奖"。2016 年 7 月，中国童书博览会设立了"张乐平绘本奖"。2016 年 11 月，北京师范大学和时代出版集团设立了中国原创图画书"时代奖"。2017 年 3 月，上海"陈伯吹国际儿童文学奖"设立了专门的图画书奖。2017 年 8 月，北方联合出版传媒和鲁迅美术学院设立了"小麒麟奖"等。这些专业奖项的设立，极大地推动了华文原创图画书的发展。

以图画书时代奖为例，图画书奖以五个维度作为标准：一是图画书包含的思想内容、艺术表现在内的整体水准；二是图画书图文共同讲述的性状及特点的鲜明性；三是图画书的创意与设计及相关内容的完成性；四是图画书的儿童趣味及儿童接受性；五是图画书的中国故事与中国元素的表达与呈现。

从中国各类获奖的图画书中，我们能够看到三个方面的突出表现：第一，真正意义上的中国优秀图画书正在向我们走来。在以往的评选中，评委们常常有一种"半本好书"的遗憾，但现在评委们异口同声地表示，"整本好书"有了！如荣获金奖的《别让太阳掉下来》，尽管评委的"天职"是"横挑鼻子竖挑眼"，但可以专业而又尽职地说，该作品几乎挑不出毛病，近乎完美，展现了中国好书的图画书模样。这部作品也荣获了它应有的国际奖项。同时，图画书品类更加丰富多样，特别是非虚构类的作品，表现更为突出。而且，作品的艺术表现、完成度

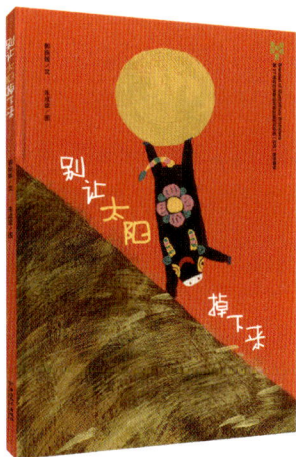

○ 《别让太阳掉下来》文/郭振媛 图/朱成梁 中国和平出版社

89

均有明显的进步，一些作品在形态设计上让人眼前一亮，很好地兼顾了人文性与儿童性、艺术性与趣味性。第二，以往文字和图画由不同创作者分别完成的作品所占比例较大，而现在"图文一体"的作品有所增加，这也是一个可喜的显著的变化，这也说明我们原创的创作力量在不断加强。第三，中国原创图画书，创作者与出版者之间的"天作地和"成为强大的支撑力量。中国图画书的迅猛发展，一方面来源于作者创作实力的提升，另一方面也得益于出版机构的坚守。许多国内的出版机构在原创图画书领域坚持深耕细作，上到社长、总编，下到编辑，都以精雕细琢的工匠精神来对待原创图画书的出版，形成一股持续的合力，推动精品的产生。明天出版社、中国少年儿童出版社、接力出版社、天天出版社、连环画出版社、安徽少年儿童出版社、二十一世纪出版社、中国和平出版社、海燕出版社、中信出版集团、信谊出版社、蒲公英出版社等出版机构，已经成为我国举足轻重的图画书出版基地。

五、图画书有了专业的、学术的研究中心和理论专著

随着我国图画书创作出版的繁荣发展，我国的图画书研究机构也应运而生。2015 年，北京师范大学成立了中国原创图画书研究中心。这是我国第一个专业的、学术的图画书研究机构。北师大原创图画书研究中心，由博士生导师陈晖教授任主任，一年一度发布优秀原创图画书年度前 10 排行榜。至今已发 7 个年度排行榜，成了中国图画书的风向标。

图画书的繁荣发展，离不开理论的探索和引导。我国的图画书研究和理论专著，也不断涌现。如彭懿的《图画书：阅读与经典》《图画书应该这样读》、朱自强的《绘本为什么这么好》、陈晖的《中国图画书创作的理论与实践》、阿甲的《图画书小史》等，都深受创作者、出版者、阅读推广者的欢迎。

六、图画书的国际合作丰富多彩

中国图画书，从无到有，从弱到强，从引进到原创，从原创到输出，在学习、借鉴、合作、交流、融合、创新中不断成长，不断壮大。图画书的国际合作，丰富多彩。例如，二十一世纪出版社把波兰画家麦克·格雷涅茨（Michael Gregniec）请到南昌，整整六个月，合作出版了《好困好困的蛇》等一批图画书。与日本著名铅笔画家木下晋牵手，合作出版了图画书《熊猫的故事》。巴西安徒生插图奖获得者罗杰·米罗与曹文轩合作创作出版了《羽毛》《柠檬蝶》等图画书。英籍华人插画家郁蓉与秦文君合作创作出版了图画书《我是花木兰》。西班牙插画家哈维尔·撒巴拉与金波合作创作了图画书《我要飞》。阿根廷插画家耶尔·弗兰克尔（Yael Frankel）与张之路合作创作了图画书《小黑与小白》，等等。这些图画书的出版质量上乘，国际影响力大。合作出书，是中国文化和外国文化的碰撞和融合。

在国家广播电视总局的支持和推动下，我国在互联网时代创新制订了具有国际先进水平的 ISLI（国际标准关联标识符）标准，并于 2014 年创建了国际插画平台助画方略公司（ILLuSalon. Co.,Ltd）。2015 年 10 月，助画方略公司与法兰克福书展联手创立了"全球插画奖"。2016 年 6 月，全球插画奖正式向全球发起征集。2016 年 9 月，大奖组委会征集到了 50 多个国家逾万幅参赛作品，并将评选出的获奖作品在法兰克福书展上展出。助画方略公司推出插画师服务平台，为插画师、出版社、作者、作品等提供全球性的"源"动力。

《蜗牛城的故事》内页 文/冰波 绘/李家龙 花山文艺出版社

七、图画书市场既现代又接地气

图画书和其他童书不同，它的主要市场不在地面书店，而在网络书店和民间绘本馆。当当网、京东网以及遍布全国的数以万计民间绘本馆和图书馆，是图画书的"超市"，并且出现了手机微信群朋友圈销售的时尚模式。国外研究表明，图画书是最适合 0~7 岁孩子的阅读载体，是最适合家庭亲子共读的童书，是最适合家长选购的学龄前读物。图画书的市场很大。

如悠贝亲子图书馆，在新冠疫情长时间肆虐的困难之中，2021 年拥有 330,000 位悠贝会员，平均每天在全国各地开展 3,102 场阅读故事会，全年共开展 1,132,230 场阅读故事会，共阅读图画书 30,360,000 本，每位会员平均年阅读量 236 本图画书，并与中华少年儿童慈善救助基金会一起，向乡村贫困儿童捐赠图画书。

图画书，是图书中最美丽的图书之一。图画书，是儿童成长最早接触、最早阅读的图书。图画书，是人生的起点图书。鼓时代之风，助原创之力，彰绘本之美。春夏秋冬，风雨彩虹，中国图画书天时地利人和的大好时期已经到来。让我们携起手来，共同努力，让中国图画书，不忘本来，吸收外来，面向未来，随着时代的进程日新月异，用鲜明的中国气派和时代精神，在世界童书出版的舞台上闪耀华彩，刻下时代的印记。我相信，不久的将来，中国插图画家一定能登上国际安徒生奖插画奖的领奖舞台。

原创图画书的
发展成就与未来方向

Development Achievements and Future
Directions for Original Picture Books

王　林 Wang Lin

"别让太阳掉下来。"

○ 《别让太阳掉下来》内页 文／郭振媛 图／朱成梁 中国和平出版社

一、原创图画书的发展成就

原创图画书自起步以来，近十余年得到了快速发展。主要表现在：1. 原创图画书作品越来越多。与过去 90% 以上的图画书为引进版相比，本土原创图画书在近年来所占比例越来越高。2. 从事图画书创作的作家、画家越来越多。老一辈的图画书作家如蔡皋、于大武、朱成梁、王祖民、周翔，中青年图画书作家如九儿、郁蓉、保冬妮。更可喜的是，有不少年轻人，尤其在国外学习美术的插画家也加入了图画书创作的行列，如于虹呈、金晓婧、韩煦。3. 出现了一些具有世界水准的图画书，例如《别让太阳掉下来》《盘中餐》《鄂温克的驼鹿》。4. 原创图画书的奖项设置越来越多。目前国内的原创图画书奖主要有"信谊图画书奖""丰子恺儿童图画书奖""时代图画书奖""图画书排行榜"等。无论从童书出版还是儿童文学创作来看，原创图画书都是成就较高、中外交流频繁、对外影响较大的领域。中国出版界用不到 20 年的时间把原创图画书发展到这个程度，是不容易的，应该鼓劲加油。

但是，从整体上说，中国原创图画书还在起步阶段。优秀作品数量还不多，原创图画书的创作质量还需提升。如果我们把图画书作为一种新的艺术表现形式、一种少儿读物的出版类型来看的话，原创图画书的成就还没有超过连环画。无论是古代中国还是现代中国，我们都有大量的"中国故事"还没来得及用图画书的形式讲述。

二、对原创图画书的创作建议

　　图画书作为儿童文学的一种类型，早已跨越了"小猫叫，小狗跳"的简单阶段，成为一个知识的"富集体"，它所带动的相关知识复杂得惊人，而这种复杂又要以儿童能理解的"简单"表现出来——图画书创作之难大概在此。未来原创图画书的创作，还要在哪些环节加强呢？

1. 儿童观的更新和图画书意识的加强

　　儿童观仍然是大多数创作者需要解决的首要问题。很多作品在"儿童观"有三种偏差：一是把图画书当成自我表达的载体，多为青春期的迷惘与困惑，作品中看不出和儿童对话的意愿；二是把图画书作为"教育"儿童的工具，为了培养儿童的某种品德虚构一个"糖衣药丸"式的故事；三是把儿童对立于成人存在，把童年当成"自由""纯洁"的"新月之国"，而成人社会则是"狡诈""虚伪"的代名词。儿童观折射出创作观，作家的情怀、智慧、思索也在儿童观上集中体现。一些作品对童年的思考与回应还浮于表面，缺乏对儿童阅读趣味的带动。

　　图画书意识是作家在创作时的运思方式，类似于文体意识，即作者应该自觉意识到图画书创作和散文、小说、诗歌创作的不同。"日本图画书之父"松居直先生曾有"图画书 = 文 × 图"的公式，具体来说，图画书应该具有两个基本特征：第一，每一页图画都需要承上启下，儿童可以不借助文字就能读懂故事。所以，图画既不能在平面上重复，又不能跳跃太大，让孩子无法在头脑中形成故事的连贯性；第二，画面中要隐藏细节。孩子观察图画和成人不同，成人多是从整体入手，而孩子多从局部和细节入手，喜欢从画面中看到他们熟悉的事物。从投稿者的稿件看，能感觉到他们读过不少图画书，有的甚至能看出借鉴与模仿的痕迹。但是，在图画书的结构、故事的起承转合上有欠缺。有的故事结构散漫，主旨模糊；有的故事每一张画单独看都很好，连起来则有些不知所云。创作者要学会的一个重要技巧是：让图画自己讲故事。

2. 创新的勇气和情感的共鸣

优秀的图画书与读者产生共情，让你笑让你哭，甚至不分儿童或成人。有的作品感觉有些"情感荒疏"，不是力不到位，就是用力过猛，难以让读者产生情感共鸣。如图画书作家周翔曾评论："一些作品中可以觑见作者对生活的感受不够深，初看一个故事似乎在写情，可是偏到深情两字冰，缺乏赤子之心。少了内心真情感动朴实的描写，造作的感情很难动人。"情感共鸣不只是故事，还表现在图画上，画面或可爱、或静穆、或喜悦，可以通过造型、色彩等方式达成。

3. 图文关系的处理和艺术风格的多样性。

图画书的图文关系是创作者面临的技术难题，也是图画书研究者的重点。美国图画书研究者珍·杜南（Jane Doonan）曾将图文关系分为详述、增强、延伸、补充、矛盾、背离等情况。正是图文关系的复杂性，形成了图画书的丰富性。从原创作品看，作者对图文关系的理解还比较简单，处理比较单一。从根本上讲，就是还没有了解图文合奏的特征。

纵观世界的图画书创作，无不和各种美术流派紧密联系。例如，安东尼·布朗的超现实主义画风、杨志成的印象主义画风、帕特丽夏·波拉寇（Patricia Polacco）的表现主义画风、白嬉娜（韩）的混合介质风格。从投稿作品看，画风还不够丰富。有的作品运用水墨、剪纸等"中国元素"比较生硬，有的作品画风和文字不能互相彰显，有的图画过于表现个人风格。从本质上讲，"图画书的插图好坏，取决于'插画本身能否充分说明故事'"。

三、对原创图画书的出版建议

1. 培养人才。包括创作人才、编辑人才、对外推广人才。建议举办不同层次的培训班，提升原创图画书的整体实力。

2. 参与国际合作与国际展示。继续以少年儿童读物工作委员会为主参与博洛尼亚书展，整体亮相。继续发挥中国少年儿童出版社的传统，加强中外创作上的合作交流。

3. 在教育领域推动原创图画书阅读。实现图画书"培根铸魂、启智润心"的育人功能。

4. 依托现有出版项目，加大原创图画书的扶持力度。例如，五个一工程、国家出版基金等。

95

本土图画书如何走向"异乡"
Bringing Local Picture Books to the Global Stage

王韶华　Wang Shaohua

出版的本质就在于传播，原创图画书如何走向"异乡"，是各个国家的插画师和出版社都非常关注的重要问题，也是版权经纪工作的重要组成部分，是业界工作中要不断探索的问题。

作为刚刚入行的年轻插画师怎么能快速进入插画界，从而给自己的职业生涯打下良好的基础呢？

现在就实操层面给年轻的插画师提一些建议，从而能让年轻的插画师按照行业的规则，专业而高效地推广自己的创意和作品。

一位刚入行的插画师想把自己的作品或者创意推荐出去，尤其是海外，首先最重要的是准备好自己的"名片"，用英文也就是我们常说的"portfolio"。

这张"名片"一般可以用 PDF 的格式做出来，要包括如下内容：
·插画师本人的个人介绍；
·插画代表作品，从而可以让人了解插画师的风格；
·联系方式。

当然，插画师也可以根据自己的创作特点，加入个性化的设计和内容。

有了这张名片就可以出发了。

最有意思的也是最直接的就是参加展会，我们探讨的是作品走向海外，所以参加国际书展，是找到机会的最直接的方式。比如，少儿书展中历史最悠久也是业界最大的一个行业平台就是博洛尼亚国际童书展（Bologna Children's Book Fair），每年的 3~4 月份在意大利的博洛尼亚召开，到 2023 年，博洛尼亚国际童书展已经是第 60 届了。在展会中，经常可以看到的一个风景就是插画师背着自己大大的画稿去到各个出版社的展位找主编来约谈，这也成了博洛尼亚 60 年展览的一道重要的风景线。除了主动出击之外，去博洛尼亚，还有一个插画墙，插画师可以把自己的作品和联系方式贴在那里，那也是进入会场的各位出版商必须经过的地方。很多出版者也会到那去淘金，也许下一块金子就是你。也有的出版社会在自己的展位上留出空间，让插画师去自己创作，这也是让出版社认识自己特别好的一个方式。

当然展会还有一个重要的功能就是沟通信息、激发灵感，这个对创作者来说也是分外重要。展会上会有插画师的工作坊，不同的文化和风格在工作坊上进行碰撞，多了解国际创作规律和创作风格，也让自己的创作成为和世界对话的语言。另外，在展会上经常会有很多不期而遇、意想不到的收获，这个只有参加过展会的人才会有深刻的体会。

除了博洛尼亚国际童书展之外，还有很多国际书展也值得关注和参加，比如法兰克福书展、伦敦书展、巴黎书展、美国书展，或者是南美的瓜达拉哈拉书展等。

除了自己去参加书展，其实还有一种便捷的方式，就是把专业的事情交给专业的人去做，依托版权经纪公司来推广自己的创意。尤其在国外这是非常普遍的一种方式，作者依托自己的经纪公司给自己的作品寻找最优的出版社，并达成最好的报价。大部分经纪人都有自己的

网络，让作者的作品以及版权走向海外。

有的时候，插画师也可以直接和出版社签约，把它作为自己作品的第一出版社，并依托出版社的版权部门，让自己的作品走向海外。国内有不少少儿出版社的原创能力非常强，同时海外版权部的拓展能力也非常的强，向海外输出了大量的优秀图书和绘本。

对于插画师其实还有一个捷径，那就是参加国际插画的奖项和赛事的评选。

有一些奖项是让人仰视的高峰，比如安徒生奖（Hans Christian Andersen Award）、布拉迪斯拉发国际插画双年展（BIB）的金苹果奖等，可是有的赛事真的可以作为插画师事业的起点，比如博洛尼亚插画展。

博洛尼亚插画展始创于 1967 年，现在已经有近 60 年的历史了，博洛尼亚插画展到中国的巡展也是第 8 年了。插画展创立的初衷就是让艺术家可以展现在全球各国的专业观众面前，和出版商直接建立联系，让自己的作品迅速找到合适的出版者。现在经过岁月的沉淀，插画展已经变成了行业的风向标。

插画展半个多世纪的历史中孕育了无数的插画大师：艾瑞克·卡尔（Eric Carle）、大卫·麦考利（David Macaulay）、昆汀·布莱克（Quentin Blake）、罗伯特·英诺森提（Roberto Innocenti）、杜桑·凯利（Dušan Kállay）、托尼·罗斯（Tony Ross）、陈志勇、苏西·李等。很多我们耳熟能详的插画大师都是在这个摇篮里孕育出来的。

比较典型的像英诺森提，他出生在 20 世纪 40 年代，从来没有学过插画，也没有进过艺术学校，但是因为对绘画的热爱，参加了插画展，逐步被世界所认识。他的绘本创作在国际上大放异彩，备受推崇。后来英诺森提获得了安徒生奖、布拉迪斯拉发国际插画双年展的金苹果奖，纽约时报最佳插画奖，他也是唯一获得安徒生大奖的意大利艺术家，他的《铁丝网上的小花》不仅是给青少年的历史书，也是一个写给所有人的童话故事，打动了无数的读者。

插画展到中国巡展后，越来越多的国内插画师投稿，比如这几年有一位非常年轻的插画师叫武芃，她本是一位事业单位的工作人员，工作稳定，但因为喜欢绘画，2019 年起开始向博洛尼亚插画展投稿，并连续多次入选。博洛尼亚插画展的入选，成为她事业的里程碑。她辞去了稳定的工作，成了一位专业插画师，正式开始了她的个人职业创作生涯。2022 年，武芃参加博洛尼亚主视觉的创作，成为博洛尼亚书展 2023 年 60 周年的主视觉创作者之一。

插画师还可以关注一些年轻的，但是平台意义比较重要的奖项。比如国际无字书大奖（Silent Book Contest），这个奖项是由博洛尼亚国际童书展、都灵国际图书沙龙、国际儿童读物联盟、国际读书小镇、意大利国家电视台、意大利广播电台、意大利知名绘本专业出版社 Carthusia 等共同主办的奖项，2023 年举办第 10 届。尽管这个奖项年轻，但是现在国际上的影响力越来越大，每年都有几十个国家的插画师的众多作品参加评选。入围的作品也会在博洛尼亚国际童书展上发布并展览。无字书大奖的发布现场也是博洛尼亚少儿书展上人气最旺的活动现场之一。

我们国内越来越多艺术家开始关注这个奖项，并积极参与这个奖项，通过这个平台，走

MASHA
BAZILEVSKAYA

PENG
WU

向海外，被国外出版社和读者认识并喜爱。

2018 年，张乐平先生的《三毛流浪记》在博洛尼亚获得那一年无字书大奖的特别荣誉奖，把一个奖项授给一位故去的艺术家，这是从来没有过的。但是张乐平先生近百年前作品的艺术性和对底层的悲悯情怀打动了每一位评委。《三毛流浪记》也穿越了年代和国界，2019 年在意大利出版，并受到当地小读者和汉学家的热烈欢迎。

国内艺术家颜新元、李尧、王品懿等先后入围大奖，他们的作品也很快进入意大利市场，从那又开始走向国际市场。

对于新入行插画师参加奖项不论是否能够入围或者获奖，参与的本身已经是一个成长。

条条大路通罗马，原创图画书如何走向海外也是一个不断探讨的命题，不管哪条路，只要插画师认真耕耘，都可以成为插画师走向国际市场的路径。

101

后记

儿童图画书不单纯只是儿童的娱乐读物，更关系到国之大事；当今，中国原创图画书的发展生机勃勃，关于内容与形式、教学与创作、出版与推广等好多领域需要我们一起去讨论、去梳理……感谢北京航空航天大学新媒体艺术与设计学院和《出版人》杂志的信任，委托我作为论坛学术主持，策划这一图画书的学术活动，借此机会与同人们一块聊聊大家共同关爱的图画书事业真是件幸事。

论坛主题为"本土·异乡"，专家学者们围绕创作、教学、出版三个方面的主题分享自己多年的心得体会与真知灼见。我们关注今天在国际视野与本土经验共同作用下的中国原创图画书，其中不仅凝聚了形式与风格的创新，也在创作者、观看者、教育者与出版者的叠加和互动的意识中具备一定的集体经验。我们对图画书现状进行动态观察，揭示行业内外交织、并行的关联结构，展现图画书参与者的选择与策略轨迹，力图在文化与历史中感知"图画书"作为一种突出艺术家创造图像与文本审美意图的形式，以期更为积极地应对本土图画书发展的多元面向。

感谢专家学者们的支持以及为中国原创图画书发展贡献的智慧，感谢新媒体艺术与设计学院叶强与王硕老师以及同学们对文集的辛苦整理。喜爱图画书，我们后会有期。

王立军
中国美术家协会漫画艺委会秘书长

Afterword

"Children's picture books" are not merely entertainment for children. They also represent significant national issues. Nowadays, original picture books in China are developing vigorously, and there are many issues to be discussed and clarified from perspectives, such as content and form, teaching and creation, publication and promotion, etc. Thanks to the trust of the School of New Media Art and Design of Beihang University and the *China Publishers* magazine, I was delegated to be a forum academic host to arrange this academic activity on picture books. And it's really a great honor for me to take this opportunity to communicate with colleagues about our shared passion for the picture book industry.

The theme of the forum is "Localization and Globalization". The experts and scholars share their experiences and insights in the three aspects of creation, teaching, and publication. Today, we focus on original picture books in China developed on local experiences through the international perspective, and there are not only innovations in forms and styles, but also a certain collective experience in the superimposed and interactive awareness of creators, readers, educators, and publishers. We examine the current situation of picture books through dynamic observation, unveil the intertwined and parallel structures within and outside the industry, and show the choices and strategic paths of relevant participants, in an effort to perceive the "picture book" in culture and history as an art that highlights the aesthetic intentions of artists in creating images and texts, so as to respond more positively to the diversified development of the picture book industry in China.

I would like to express my gratitude to the support and wisdom of the experts and scholars for the development of original picture books in China, as well as to the hard work of Mr. Ye Qiang, Ms. Wang Shuo, and students of the School of New Media Art and Design in compiling the proceedings. For those who love picture books, we will meet again.

Wang Lijun
Secretary General of Comic Art Committee of China Artists Association

参考文献
与
说明

**References and
Notes**

图画书
创作与表现

Creations and Expressions
of Picture Books

从《木兰还乡图》谈传统图像的
转译创作

1
[美] 梁庄爱伦:《20 世纪早期上海月份牌
与视觉文化》[M],王树良,巴亚岭译,上海:
上海人民美术出版社，2023，第 218 页。

2
裴亮:《巾帼英雄的"还魂"与"重构"——
抗战时期"木兰从军"新编历史剧创作论》[J],
《戏剧》（中央戏剧学院学报），2016 年第
3 期，第 16-27 页。

3
Laing E J. Depictions of Mulan with Her
Family and with Her Horse in Chinese
Prints[J]. NAN NÜ,2015,17,2:205.

4
《木兰还乡图》的创作分工为：郑梅清设
计、周柏生起稿，杭穉英绘木兰、吴志厂
绘双亲、谢之光绘木兰姐、金肇芳绘木兰
弟、金梅生绘孩童、李慕白绘副将元度、
戈湘岚绘双马、田清泉绘步兵、杨俊生绘
布景，郑午昌作题注。

5
杭鸣时:《纪念杭穉英诞辰 100 周年》[J],
《美术》，2001 年第 5 期 , 第 52-53 页。

6
张晨阳:《〈申报〉女性广告：女性形象、
现代性想象以及消费本质》[J],《妇女研
究论丛》，2005 第 3 期，第 58-64 页。

7
[法] 罗兰·巴尔特:《形象的修辞》[M],
吴琼，杜予编，《形象的修辞：广告与当
代社会理论》，吴琼译，北京：中国人民
大学山版社，2005，第 42 页。

8
王研霞:《时空的记忆：苏区报刊宣传画
中的女性图像叙事研究》[J],《编辑之友》,

2021 年第 1 期，第 93-101 页。

9
同 [3]。

10
毛文秀:《希望做花木兰第二》[N],《申报》,
1938 年 12 月 11 日，第 13 版。

11
《劝从军》[N],《大公报》，1937 年 11 月
8 日，第 1 版。

12
雄剑:《南洋华侨爱好国产影片》[N],《申
报》，1939 年 9 月 28 日，第 11 版。

13
Mann S. Presidential Address: Myths of
Asian Womanhood[J]. The Journal of
Asian Studies,2000,59,4:854.

14
[法] 爱弥尔·涂尔干:《宗教生活的基本
形式》[M]，渠东，汲喆译，上海：上海
人民出版社，1999，第 277 页。

15
一飞:《木兰从军》[N],《上海妇女》,
1939 年第 9 期，第 6 页。

图画书
教学与拓展
Education and Extension of Picture Books

图画书的故事与图文叙事

1

周翔，1956 年生于陕西凤翔，毕业于南京艺术学院美术系，现任江苏少年儿童出版社《东方娃娃》主编。以《东方娃娃》为平台努力引进图画书，宣传图画书的理念，挖掘和培养新人，同时还从事儿童读物的插画和图画书创作。其创作的图画书有《一园青菜成了精》《荷花镇的早市》《小猫和老虎》《泥阿福》《贝贝流浪记》《小青虫的梦》等。

2

白冰，1956 年生，儿童文学作家，接力出版社总编，著有诗集《飞翔的童心》等，图画书代表作有《吃黑夜的大象》《雨伞树》《一颗子弹的飞行》等，荣获"全国优秀儿童文学奖"等多个奖项。

3

郁蓉，英籍华裔画家，英国皇家艺术学院硕士，曾师从英国著名的儿童插画大师昆汀·布莱克爵士。代表作包括《云朵一样的八哥》《烟》《夏天》《我是花木兰》《口袋里的雪花》等。

与时俱进——
在教学中探索图文叙事的新高度

1

龙全，1956 年生，广东人，艺术家，擅长油画、版画，曾任四川美术学院油画系教授、系主任、院长助理，2002 年创办北京航空航天大学新媒体艺术与设计学院，任首任院长。

2

颜新元，1952 年生，湖南桃江人，毕业于中央美术学院，曾任北京航空航天大学新媒体艺术与设计学院教授，中国美术家协会会员。出版绘本《大脚姑娘》《张五郎与娃娃鱼的传说》，专著《中国当代新民间艺术》《中国现代陶艺家》《湖湘文库·湖湘民间绘画》《湖湘文库·湖湘木雕》。

3

蔡皋，1946 年生，湖南长沙人，祖籍湖南益阳。1982 年之前曾长期在乡村小学执教，之后供职于湖南少儿出版社，从事图书编辑工作。20 年来所编图书在各级各类图书评奖中多次获奖，1996 年被评为全国优秀中青年编辑，2000 年被评为全国优秀儿童工作者。工作之余从事绘本创作，陆续创作了《海的女儿》《李尔王》《干将莫邪》《六月六》《隐形叶子》《花仙人》《桃花源的故事》《荒原狐精》等作品。

4

2008 年首届"五色土"中国原创图画书论坛，10 场讲座：

主讲人：阿甲（红泥巴图书俱乐部创始人、资深图书推广人）
主题：民间故事的图画书
主讲人：萝卜探长（红泥巴图书俱乐部创始人、资深图书推广人）
主题：图画书都有哪些玩法？
主讲人：熊亮（著名图画书创作者、策划和推广人）
主题：新民间——开拓创作的可能性
主讲人：杨忠（中央美术学院，图画书创作资深教师）
主题：日本图画书的创作与中国的比较
主讲人：彭懿（著名图画书研究学者、资深图画书推广人）
主题：阅读图画书的技巧
主讲人：熊磊（著名图画书创作者、策划和推广人）
主题：民间故事的当代性
主讲人：颜新元（北京航空航天大学新媒体艺术与设计学院教授，民间美术研究专家）
主题：中国当代新民间艺术
主讲人：王林（资深图画书研究学者，小学语文教材编写组成员）
主题：民间故事的文学语言
主讲人：克里斯提昂·约里波瓦和克里斯提昂·艾利施（法国著名儿童图画书：不一样的卡梅拉系列《我想去看海》《我想有个弟弟》《我去找回太阳》等作品的插画与文字作者）
主题：图画书创作分享
主讲人：法籍华裔图画书作者陈江洪
主题：旅法艺术创作经历及与分享

5

安东尼·布朗，1946 年出生于英格兰的谢菲尔德，是当代最知名、最受欢迎的绘本大师之一，作品斩获全球各项童书大奖，包括两次凯特·格林纳威大奖和三次科特·马斯勒奖，安东尼本人也获得了国际安徒生大奖并被英国政府任命为 2009-2011 年"儿童文学桂冠作家"。代表作有《我爸爸》《我妈妈》《大猩猩》，小熊系列及威利系列等。

6
大卫·威斯纳，出生于美国新泽西州，毕业于罗德岛设计学院，专攻插画。为美国顶尖插画家，国际大奖的"常胜将军"。作品获凯迪克金奖的有：《疯狂星期二》《三只小猪》《海底来的秘密》。获凯迪克银奖的有：《梦幻大飞行》《7 号梦工厂》。

7
萝卜探长，原名林晓旸，生于 1962 年，毕业于武汉化工大学自动化系。与阿甲 2000 年共同创办红泥巴读书俱乐部，共同致力于儿童阅读推广。著作、翻译了多本童书，著有《让孩子着迷的 101 本书》。

8
赵恩哲，中国电影美术学会 CG 艺术专业委员会常务委员，CCAC 中国 CG 艺术研究院高级研究员，世界科幻大会雨果 X 学院导师，世界华人科幻协会理事，上海浦东科幻协会理事，全球华语科幻星云美术奖评委，2023 年雨果奖最佳职业艺术家，代表作品《星渊彼岸》。

本土·异乡：
图画书创作的动态观察与教学面向

1
Arizpe, E., & Styles, [M] 2003. *Children Reading Pictures: Interpreting visual texts*. London: Routledge/Falmer. P.22

参会
专家
Participating Experts

保冬妮
全国妇联婚姻与家庭杂志社，前主编，正高编审，中国作家协会会员，中国科普作协会员，出版300册童书，获中国作协第四届全国优秀儿童文学奖，第五届国家优秀少儿图书奖、冰心文学新作奖、冰心图书奖、中国好书年度奖等奖项。作品输出美国、英国、法国、德国、约旦、韩国、马来西亚、新加坡等国家。

沈旭昆
北京航空航天大学新媒体艺术与设计学院院长，设计学学科带头人，教授，博士生导师，兼任中国仿真学会，中国图学学会常务理事。长期从事虚拟现实、数字媒体技术研究与设计应用，主持国家级，省部级项目等50余项，在国内外一流学术刊物和会议发表学术论文80余篇，获国家科技进步一等奖、二等奖、教育部技术发明一等奖、国家教学成果一、二等奖等。

马鹏浩
著名图画书作者，创作出版有《桃花鱼婆婆》《小熊，快跑》等多部图画书作品。作品输出马来西亚、意大利版权。第七届当当影响力"中国原创绘本画家"，作品参加第56届意大利博洛尼亚 & 第32届伊朗德黑兰国际书展"中国原创插画展"，荣获"第七届丰子恺儿童图画书奖"等多种奖项。

王树良

中国人民大学新闻学院广告与传媒经济系主任，教授、博士生导师；教育部职业院校艺术设计类专业教学指导委员会委员、插图设计与研究专门委员会副主任，北京市广播电视和网络视听行业领军人才；中国美术家协会会员，中国文艺评论家协会会员；指导学生及团队获得国内外重要创意传播设计奖 4000 余项；曾获得国家级教学成果奖二等奖、北京市高等教育教学成果奖一等奖。

王　婧

笔名卷儿。中国传媒大学副教授，文学博士，绘本作家，副教授，硕士生导师，在校主讲绘本赏析、绘本创作基础等课程，代表绘本作品有《小粽子，小粽子》《从前有个月饼村》《小年糕过大年》等。

张　立

中国戏曲学院教授，硕士研究生导师，北京市（省级）动画一流专业建设点负责人，有戏·绘本工作室负责人，中国戏曲学院学术委员会委员，新中国第一代电视动画创作人，中国美术家协会会员，中国电视艺术家协会会员，北京美术家协会插图装帧艺委会委员，教育部学位与研究生教育中心评审专家，中国高校影视学会数字艺术与动画专委会理事，日本中国美术家协会理事，中国文化艺术发展促进会动画专委会委员。

陈　晖

文学博士，北京师范大学文学院教授，博士生导师，图画书创作研究中心主任。主要从事儿童文学及图画书研究，出版《图画书的讲读艺术》《中国图画书创作的理论与实践》《儿童图画书的阅读与讲读》《教室里的儿童文学》等理论著作，创作"小小豆豆""战争中的父与子""点虫虫""苹果山庄樱桃谷""小熊壮壮"等儿童文学和图画书系列作品。

龙念南

中国儿童中心高级美术教师，人民教育出版社义务教育《美术》教材编委，义务教育聋校《美术》主编。教育部"体育、艺术 2+1 项目"《造型基础》参考教材主编。1983 年毕业于中央工艺美术学院，并于同年在中国儿童中心任教至今。绘本《香蕉娃娃》入选"中国百年百部优秀图画书"。

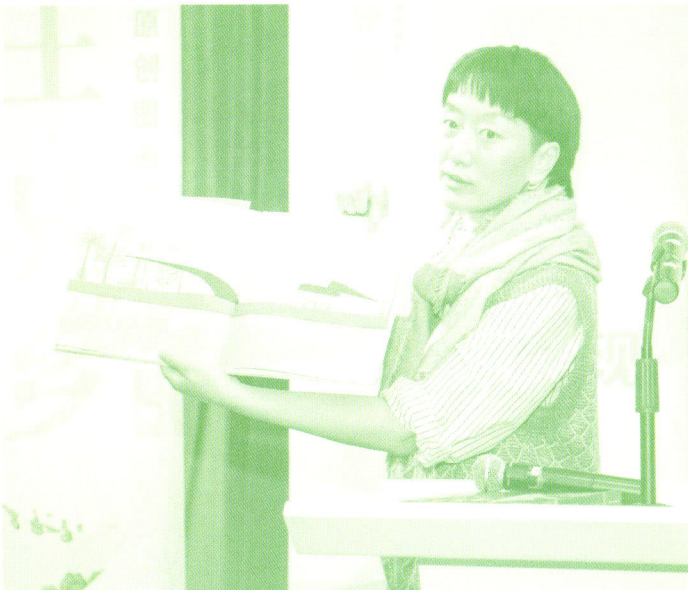

庄维嘉

北京航空航天大学新媒体艺术与设计学院副教授，北京漫画学会副会长，北京电影学院动画学院特聘导师，撰写图画书导读三十余篇。多次担任全国绘画、图画书及漫画大赛评委。

叶 强

北京航空航天大学新媒体艺术与设计学院教授，北京美术家协会插图装帧艺委会委员，编著出版《图画书创作课堂》等7本教材。个人作品百余次参加国内外各种专业展览，曾获重庆首届油画展优秀作品奖；亚洲青年艺术家推介奖等。

王 硕

北京航空航天大学新媒体艺术与设计学院绘画系副主任，北京大学艺术学理论博士。主持国家社科基金艺术学一般项目、国家艺术基金项目、双一流建设人文社科拔尖人才支持计划，担任省部级策展项目策展人。多次荣获优秀指导教师奖、北航研究生卓越教学奖等。

阿 甲

童书作者、译者、研究者与推广人，中国首位艾瑞·卡尔荣誉奖-桥梁奖得主。红泥巴创始人，国家图书馆文津奖评委。著有：参考书《儿童阅读推广手册》《图画书小史》等，图画书《李娜：做更好的自己》《画马》等。译有《图画书创作谈》《亲爱的天才》《图画书为什么重要》等参考书，并译有 300 多种图画书。

白 冰

本名白玉琢。儿童文学作家，中国作家协会儿童文学委员会委员，接力出版社总编辑、编审，曾获中国出版政府奖优秀出版人物奖、韬奋出版奖。著有儿童诗集《飞翔的童心》、作品集《绿太阳和红月亮》、童话集《吃黑夜的大象》、《小老鼠稀里哗啦》、图画书《挂太阳》、《换妈妈》、《雨伞树》、《一颗子弹的飞行》等。作品曾获全国优秀儿童文学奖、中国出版政府奖等奖项，被译为英语、俄语、乌克兰语、日语、韩语等在国外出版。

雷 茜

江西教育出版社北京工作室负责人，原创中文分级图画书"小熊壮壮"系列总策划（该书系全球版权已输出数十种），北京师范大学儿童文学专业博士在读。

白 静

中南出版产业研究院副院长、《出版人》杂志社社长，出版行业资深媒体人。

海 飞

中国少年儿童新闻出版总社原社长兼总编辑。国务院政府特殊津贴专家。曾任中国出版工作者协会副主席、中国出版工作者协会少年儿童读物工作委员会主任、国际儿童读物联盟中国分会主席。第十届全国政协委员。著有《童书海论》《童书大时代》《书是甜的》《黄金出版》等文集以及《国粹戏剧图画书系列》《喜鹊窝》《外婆桥》等图画书。曾获中国图书奖、中华优秀出版物奖、韬奋出版奖、宋庆龄樟树奖、新中国 60 年百名优秀出版人物、联合国儿童基金会中国地区成就奖等奖项。

王 林

儿童文学博士、人民教育出版社编审、中国教育学会家庭教育分会理事、中国阅读三十人论坛成员。2006 年"全国推动读书十大人物"，2015 年"全国十大读书人物"。在各级学术期刊上发表论文 40 余篇。编著有《作家和你谈课文》《绘本赏析与创意教学》《童书玩转语文课堂》。翻译的图画书主要有《海马先生》《七只瞎老鼠》《高空走索人》《在那遥远的地方》《神奇飞书》等，理论译著有《给孩子 100 本最棒的书》《英语儿童文学史纲》。

王韶华

中意出版文化协会联合创始人，现任协会副主席，毕业于北京师范大学。版权经纪公司思路文化的创始人，CEO。意大利语版权经纪人，致力于中国和意大利两个国家的版权贸易和文化交流；博洛尼亚插画展中国巡展策展人；2018 年起受邀担任国际无字书大奖评委至今。